JN088749

天使のように僕は死んだ

Angelically, I Met My End.

岡田弘樹
OKADA HIROKI

幻冬舎 MC

天使のように僕は死んだ

目次

よどみ去れ、揚げて舞え

もうちょっとで半分くらいかな。

海の近くにある僕の家から、山の麓にある友達の家までは自転車で小一時間かかる。高層ビルが立ち並ぶ都会と違い、福井の田舎道は建物が少ない分だけ余計に距離を感じる。高校生の僕は、同じクラスの嶋崎渉君の家へ、週に二回は遊びに行っていた。

自宅を出てから渉の家まであと二十分くらいの場所に、通る度になぜか気になる店があった。店に近づくと、それまで考え事をしていても頭の中がすっきりとし始める。そして、店の看板と店の前に立っている人の顔が、はっきりと頭の中に浮かんだ。

新鮮お肉と揚げたてコロッケ！　桑原精肉店。

その店は駅前から少し離れた商店街にある精肉店で、店先で白いエプロンを着けた女の人がコロッケを揚げていた。ところどころ文字が剥がれかかっている古ぼけた看板には、店の名前とコック帽をかぶった豚の絵が大きく描かれている。僕の胃袋はその店の前を通ると、油の匂いや絶え間なく聞こえる大きな音に刺激された。それは、他の精肉店では全く感じなかった感覚だった。

店のおばさんが笑顔で揚げる熱々のコロッケは一個五十円で、いつも二個買っていた。

百円玉が一個あれば買えるが、お小遣いが五千円の高校生にはちょっとした贅沢な買い物だ。

「おばさん、コロッケ二個ください」

「はいはい。最近よく来てくれるね。ねぇ、おばさんに名前教えてくれる？」

「高間です。あ、高間直人です」

「そう、直人君か。いい名前やねー。誰が付けてくれたの？」

「えーっと、確か、父がどうしても付けたかった名前って聞いてますけど」

「そう、見た目と名前がピッタリ。お父さんは何の仕事してるの？」

「家は両親と婆ちゃんと三人で魚屋やってます」

「あら、そう、おばさんとこと真逆ね。うふふ」

店のおばさんは僕の顔を覚えていて、直人という名前を気に入ってくれていた。いつも短い会話だが、必ず僕の名前を二度以上口にした。今日もコロッケを注文した後に百円玉を手渡すと、揚げたてのコロッケを緑色の紙に包んでくれた。その紙はかなり薄く、包むだけでコロッケの油がじんわりと滲んでいた。

「熱いから気を付けての。慌てて食べると落としてまうざ、直人君」

「うん」

店のおばさんはいつもにこやかにコロッケを渡してくれた。おばさんは僕の母親くらいの年齢だろうか。ふっくらとした顔立ちと白いエプロンがよく似合い、テレビドラマで見かけるお母さんのイメージそのものだ。

いつの間にか、学校や自宅で脂っこいものが食べたくなると、おばさんの顔が瞬時に浮かんでくるようになっていた。

おばさんが揚げるコロッケは、いつも熱くて落としそうになる。確か、フライヤーの横には揚げ置きのコロッケが置いてあったはずなのに、僕が注文すると必ず新たに揚げていたような気がする。

実は、買ったばかりのコロッケを一度落としかけたことがある。忘れもしない高校三年の夏休み前だった。ちょうど十八歳になった翌日で、梅雨が明けた後のかなり暑い日だった。でも、慌てて口に入れたからではない。落としそうになったのは、コロッケを口に入れた瞬間に、びっくりするくらいの肉汁が溢れてきたからだ。

「うわっ、熱っ！」

その時口に入れたコロッケはいつもの味ではなく、もっと肉の味がいっぱいした。ジャガイモよりも絶対肉が多い。小さな肉の塊みたいなものがたくさん入っていた。しかも肉の塊は噛み応えがあるのに柔らかく、牛肉特有の獣臭さは全く感じられない。というよりも、肉の旨味にたどり着くよりも先に、これでもかと言わんばかりに熱くてジューシーな脂で口の中がいっぱいになる。コロッケのぼそぼそした口触りと違い、口の中がしっとりする。もちもちして、いつまでも口の中にまとわりつくような感覚がある。僕は思わず目を瞑り、全神経を舌に向けた。

「何やこれ？　いつもと違うぞ。美味しい」

慌てておばさんを見ると、いつもより控え目な表情で微笑んでいた。いつもの満面の笑みというよりも、少し強張った笑顔に見えた。おばさんは、僕がコロッケを落とさなかったことを心配していたのだろうか？　それとも、渡した後にコロッケの種類を間違えたことに気付いたのだろうか？　しかもおばさんは、僕と目が合った後に奥へ引っ込んでしまった。

「あれっ、おばさん今日はどうしたんやろ？　いつも小さく手を振って見送ってくれるのに。体の調子でも悪いんかな？」

僕は訳が分からないまま一口だけかじったコロッケを袋に入れ、すぐに自転車に乗った。いつもは店の前で一個は丸々食べてしまうけれど、その時は自転車で走りながら、その初めて食べる新しいコロッケを味わった。

「あ、コロッケ間違えたみたいやわ。ごめんね、取り替えるわ」

たぶん僕は、おばさんにこんなことを言われる前に、その場を離れたかったのかもしれない。逃げる気持ちが半分くらいはあったはずだ。

あの日のおばさんは、たぶん焼けつくような暑さのせいで間違えたのだろう。それとも体調が悪かったから、楕円形のコロッケと、それよりも少しだけ丸いコロッケを渡し間違えたのだろうか？　だから、すぐに奥へ引っ込んでしまったのだろう。その時の僕はそう考えていた。

「あら、いらっしゃい。直人君、今日もコロッケにする？」

「あ、はい。二個ください」

「いつもありがとね、直人君」

でもそれ以降のおばさんは、僕に渡すコロッケを間違えることは一度もなかった。そして僕も、肉汁いっぱいのコロッケを忘れようとしていた。

「直人、今日も駅前の精肉店でコロッケ食べたんか？」

「ほや、分かるけ？」

「そんなもんすぐ分かるわ。直人の服からコロッケの匂いプンプンしてるぞ」

「何か知らんけど、あの店の前を通ると腹が空くんやわ。ほんで、ついつい寄ってまうんやって。渉は行ったことあるか？　あそこのコロッケはマジで美味いぞ」

「あー、ゆかりちゃんの家がやってる店やろ。何回か行ったことあるけど。まー美味いっていえば美味いけど、そんなにいつも食べたくなるほどでもないやろ」

「いや、ほんなことないわ。あそこのコロッケは最高や。それよりも、ゆかりって誰？　あそこのおばさんの名前か？」

「ははは、違うわ。おばさんの名前なんか知らんわ。ゆかりちゃんは精肉店の女の子や。俺らの二つ下で一年五組にいる、めちゃめちゃ可愛い子や。直人、知らんのか？　今度の体育祭で俺らと同じ黄組やで、応援合戦の練習ん時に見てみれば分かるわ。一人だけピッカピカに輝いているんやって。笑った顔なんて最高や。そこらへんのアイドルにも引けを取らん子やぞ」

　渉は普段滅多に表情を変えないのに、ゆかりという女の子の話で目尻が下がり始め、熱く語りだした。

「へー、そんな子は知らんな。コロッケ買いに行っても、いつもポチャッとしたおばさんしか見たことないわ」

「直人は巡り合わせが悪いんやな。あそこに行く高校生のほとんどはゆかりちゃん目当てなんやぞ。お前はツイてないなー」

「そんなもん興味ないわ。熱々のコロッケが食べられたら満足や。あ、そういえば、この前コロッケ頼んだら違うもんが出てきたわ。見た目がコロッケより少し丸くてな、食べたら肉がいっぱい入ってたわ。おばさん間違えたんかな?」

「ははは、それメンチカツやろ。直人、メンチ食べたことないんか?」

「うちは魚屋やで、毎日魚ばっかりのご飯や。アジフライならよう食べるけど、そんなもんは知らんわ」

「でも直人、それはラッキーやぞ。メンチはコロッケより三十円も高いんやぞ」

「ほんとか。ほやで美味かったんやなー。ほやけど、いつか思い出して三十円払えって言われんやろか?」

「あー、それは可能性あるな。しばらくあの店行かん方がいいかもしれんな。ゆかりちゃんにバレたら学校で言うてしまうかもしれんぞ。そしたら一年坊に格好悪いやろ」

「ほやな、コロッケ食べたなってきたら他の店行くわ」

その日に分かったことは、桑原精肉店には二学年下の可愛い女の子がいることと、僕が生まれて初めてメンチカツを口にしたということだった。

「あの店が僕の家だったらなー。毎日おばさんの揚げたコロッケが食べられるのに」

初霜の頃になると、いつもこんなことを考えながら残りの高校生活を満喫していた。

やがて桜花爛漫の季節となり大学生になった僕は、渉の家には自動車で行くようになった。自動車だと、今まで自転車で走っていた道は通らなくなった。もう、あのぐねぐねと曲がった細い道を通ることはない。自転車で狭い商店街を抜けるよりも、自動車で国道や県道を通る方が速くて快適だった。

「車に乗るようになって、今まで回り道してたことに気付いたわ」

「あっという間に来られるやろ。断然車がいいわ。自転車は時間の無駄や」

「ほやなー。もう自転車なんかは乗らんわ」

「ほやほや」

自転車では小一時間かけて走っていたのに、自動車だとその三分の一くらいしかかからない。道中でお腹が空くこともなくなっていた。それでも小腹が空いた時にはコンビニがある。ジューシーなサンドウィッチや話題の菓子パンがあり、カップ麺だってその場で食べることもできる。そこには精肉店のコロッケよりも、もっと食欲をそそるものが売っていた。

「直人、新発売のチキンカツサンド食べたか？　それと、期間限定の焼き立てメロンパン食べたか？　すぐ売り切れてしまうらしいぞ」

「マジか、渉。ほんなら今から一緒に行こか」

「おぅ、行こ行こ」

いつの間にか、僕の中からコロッケの思い出はすっかり消えていた。

「高間さん、おはようございます」

「あ、おはよう、有加里ちゃん」

それから六年後、大学卒業後に旅行会社で働き始めた僕は、二つ年下の女性と付き合うようになった。有加里は会社の同期入社で、地元福井の女子短大を卒業していた。同じ高校の二年後輩だった。

二人の関係が同僚から恋人へと成熟した二か月後の九月初旬、久しぶりに休日が重なったので有加里をドライブに誘った。「三国サンセットビーチでグリーンフラッシュを見よう！」と話しながら母校のグラウンド前を通ると、カラフルな旗と衣装が乱舞する風景が目に飛び込んできた。

「有加里、見て見て。この景色懐かしいやろ」

「直人は高校三年の体育祭のこと覚えてる？」

「もちろん。昨日のことのように覚えてるわ」

「有加里のクラスは直人と同じ黄組やったことも覚えてる？」

「あ、そうやったんか。それは知らんかったわ」

「実はあの頃、うちのクラスで一人だけ直人のファンがいたんやざ。鍋島凛子ちゃんって子でね、バレンタインにチョコ作ったけど、弟に食べられて渡せなかった、って言ってたわ。それで大ゲンカしたんやって。面白い子やろ」

当時から僕は年上には受けが良かったが、年下には人気がないと思っていたので嬉しくなった。

「へー、どんな子やったっけ?」

「よく喋る子で、ソフトボールしてたから顔は浅黒かったけど、歯は真っ白で笑顔が可愛かったよ」

「スタイルは?」

「胸はあんまりなかったけど、下半身むっちりでお尻が大きかった。直人の好きなタイプじゃないの?」

「えー、ムリ無理。オレは、華奢で色白の聡明な子が昔から好きなんや」

「ふふっ、もしかして私のこと?」

「ま、そういうことにしておこう」

旅行会社での僕は営業社員として、平日は得意先を訪問し、社員旅行などの団体の旅行プランを提案していた。また週末になると、全国の観光地へ添乗員として同行する日々が続いていた。一方の有加里は、僕たち営業社員のサポートをするポジションだった。飛行機やバスの手配をしながら、時には受付のカウンターで新婚旅行の相談なども受け持っていた。

そんな僕たちは定時で仕事を終えることが滅多になく、週末や連休でもデートの時間を作ることは難しかった。それでも何とかやりくりをして、会社帰りに食事やドライブをしながら互いに距離を縮めていった。

「直人ともっと一緒にいる時間が欲しいわ」

「ほやな。でも、今のままやったらすれ違いばっかりやな」

「私、会社辞めようかな?」

「えーっ、それやったら結婚しよか」

「ふふっ、変なプロポーズ」

付き合い始めて一年後の海の日に、僕と有加里は未来を結んだ。結婚して一緒に暮らせば、どんなに忙しくても二人の時間は作られる。僕たちは、お互いの両親や家族と会う前に、二人だけで将来を誓い合った。

「そろそろ有加里のお父さんやお母さんに挨拶に行こうかな」

「ほやの。今度の土曜日あたりに家へ来る？」

「うん、行くわ。午前中は仕事やけど、昼からは休みやし」

「じゃぁ、駅前の駐車場で待ってるね」

僕は、有加里の母親が好きだという、チーズケーキを手土産に挨拶に向かった。その頃有加里の両親は、結婚相手には婿として来てもらうために家を建て替えていた。新居はまだ建築中ということなので、有加里の両親への挨拶は少し離れた仕事先へ行くことになった。僕たちは、商店街の端にある駐車場で落ち合い歩いて行った。

「あれっ、ここは？」

「どしたんや？　ここはお父さんとお母さんの仕事場やよ」

新鮮お肉と揚げたてコロッケ！　桑原精肉店。

何とそこは、高校生だった僕がコロッケを買っていた精肉店だった。有加里の家が商売をしているのは聞いていたが、まさかここだったとは。

「中学高校の頃はよく食べていたわ。いつも普段はコロッケやったけど、たまにメンチカツを食べられるのが楽しみやったなー」

「懐かしいなー。実は僕も昔よく買っていたんやって」

「えー、直人ここに来たことあるんか？」

「ほや、高校の時に週二くらい来たかな」

「ふふっ、なんか嬉しいな」

「僕の家は魚屋やで、毎日うんざりするくらい魚料理食べていたんやって。ほやで、ここで食べるコロッケはとても美味しかった。おふくろの味みたいなもんやったわ」

「ほんと？　やっぱり私たち一緒になる運命やったんやの」

「ほや、運命の赤い……いや、運命の熱いコロッケや」

「ふふっ、何それ。直人、それっておやじギャグやよ」

有加里は目を大きく開いて顔を崩した。

僕はもう一度ネクタイを締め直し、微かに油臭が残る仕事場を通り抜け、有加里の両親が待つ部屋へ入っていった。

「いらっしゃい……あらっ、もしかして？　あ、有加里の母の悦子です。初めまして」

「初めまして、あっ、いや、ご無沙汰しています。高間直人です」

「ふふふ」

「えへ、なんか変な感じです」

久しぶりに見るおばさんの笑顔は、当時と少しも変わっていなかった。僕を真正面から見て、思いっきり白い歯を見せた。

「ほやけど、ますます格好良なったんやの。あの頃高校生の男の子は何人か来たけど、一番イケメンやったからはっきりと覚えてるざ。あ、ごめんね。こんなかしこまった日に福井弁丸出しで話して」

「いえいえ。その方がおばさんらしくていいです」

「ありがとね」

悦子おばさんは陽気な人なのだろう。結婚の挨拶に来た娘の婚約者に冗談を言った。初めて見る有加里のお父さんの邦夫も、目尻を下げて口元を緩ませていた。

「本当はの、家にこんな男の子がいたらいいなって思っていたんやって。家は女の子が一人やで、こんな子と結婚してくれたらいいなって、直人君が来る度に思ってたんやざ」

最初の格好いい男の子という話は冗談だと思うが、今言ったことは本当かもしれない。

僕はおばさんの言葉を聞いて嬉しくなった。

「僕の方こそ、この店が自分の家やったら毎日コロッケが食べられるのに、っていつも思ってました」

「じゃぁ、お互いに願いが通じたんやの」

「はいっ」

僕とおばさんは顔を見合わせて笑った。その様子を見た有加里と邦夫もつられ、大きく顔を崩した。でも本当に大きく笑ったのは、将来の願いを込めた瞬間と、その願いが通じた瞬間をはっきりと感じている、僕とおばさんの二人だけだったはずだ。

「じゃあ、近いうちにみんなでお祝いしなあかんの。何か食べたいものある？」

「もちろん」

「もちろん？」

「コロッケが食べたいです」

「ふふっ、いいわよ。ほんならお祝いやで、メンチカツもたくさん揚げるざ」

「ははは」

「ほほほ」

僕とおばさんだけが知る、秘密の笑いはいつまでも続いた。有加里と邦夫も交えた、四人の笑い声は精肉店の店先まで届いていたはずだ。

僕が今日ここに来ることは、何年も前のあの暑い日に決まっていたのだろう。

それから三か月後に、僕は有加里と結婚した。新しい生活は有加里の両親が用意してくれた新居で始まった。そして、一年後に子供を授かった。四千グラムオーバーの元気な男の子だった。名前は二人で考えて優太にした。優しくて、男らしくなってほしいとの願いを込めて付けた。優太はすくすくと順調に育ち、桑原家自慢の跡取り息子になっていった。多忙な仕事を支えてくれる美しい妻と可愛い長男。それに加え、優しすぎる義理の父母。僕の人生に、不安や曇りは一つもなかった。


「有加里、ちょっと話があるんやけど」

「え、何?」

「実は、来月から大阪に転勤することが決まったんやって」

「えー、私たち結婚してまだ三年やざ」

「これは仕方ないことなんやって。ずっと前から続く我が社の伝統みたいなもんやで」

「どういうこと?」

「独身の社員を転勤させると簡単に辞めてしまう可能性があるでやろな。それに都会は誘惑が多いし、向こうで生活が乱れるかもしれんやろ。ほやで、所帯を持って子供が産まれ、もう会社は辞めんやろうって思われた社員が転勤のターゲットになるんやって」

「えー、会社ってそんなんか」

「ほや、会社ってのはそんなもんなんやって」

僕は自分に言い聞かせるように吐き捨てた。力なく椅子に座った有加里の顔はみるみる曇っていった。その横で、優太は僕の顔を見て笑っていた。

さて、問題はこれからだ。独りで行くか、有加里と優太を連れて行くか？

僕は有加里と夜通し話し合った。そして、結論は朝方に出た。

「直人君、お酒の飲み過ぎには気を付けなあかんざ」

「直人さん、冷凍コロッケを宅配便で送るで、チンして食べての」

「直人、食事だけはしっかり摂って頑張ってね」

「パパー、バイバイ」

かけがえのない素敵な家族から見送られ、僕は単身で大阪へ向かうことになった。これが有加里と話し合って決めた結論だった。子育て環境や負担の軽減、有加里の仕事のことを考えての判断だ。

「直人、やっぱり食事が一番心配やの」

「大丈夫。美味しいコロッケはないやろけど、大阪にはたこ焼きやお好み焼きがある。食べ飽きた頃に、コロッケを食べに帰るで心配せんといて」

「うん、いつでも帰ってきて」

別に海外へ行くわけじゃない。日帰りだって可能な、どうってことのない距離じゃないか。帰ろうと思えばいつだって帰れる。それに、大阪は学生時代を楽しく過ごした場所だ。土地勘がないわけじゃない。少なからず友人もいる。アルバイトをしていた喫茶店やファミレスも、そして足繁く通った定食屋もまだ健在らしい。

何も心配することはない。大阪での拠点は、学生時代に過ごした街にするから大丈夫だ。僕は自分に言い聞かせながら大阪へ向かった。

「直人、どう、そっちの生活は?」

「まぁーぼちぼちや。毎日が戦場みたいな忙しさやさかい、食う寝る仕事でバタンキューの毎日や。あーしんど」

「ふふっ、何その大阪弁。なんか変やよ。それより、食事はどう? ちゃんと食べてる?」

「食事は全く心配ないわ。さすが食い倒れの大阪やな。東京と違(ちご)て飾りっけはないけど、安くて美味いもんがぎょうさんあるわ。うどんやラーメンも煙草より安い店がぎょうさんあるでぇ」

「直人、その変な大阪弁はもういいから。夜食じゃなくてご飯よ、晩ご飯はどうなの?」

「あーそれやったら大丈夫や。近くに昔通った定食屋があるから心配せんでいいよ」

「それじゃあ、大丈夫だね」

大阪での単身生活はすぐに馴染み、仕事も軌道に乗り始めた。大阪での業務は福井の三倍くらい忙しい。営業先でのライバルは多いけれど、人や企業の数は桁違いに多い。毎日があっという間に過ぎ、気が付けば五年の月日が経っていた。

「有加里、そろそろ辞令が出そうやわ」

「え、どういうこと？　もしかして帰ってこられるんか？」

「ほや。まだ内定やけど、春には福井に戻れそうやわ」

「ほんとか、嬉しい。あの子もきっと喜ぶざ」

有加里は大喜びをして、優太と抱き合っている様子が電話の向こうからもよく分かった。

そして、電話を優太に代わった。

「優太、お父さんもうすぐ帰るでな。そしたら一緒にスーパー銭湯行こか」

「うん、やったー。でも、その前に一回そっちに行ってもいい？　大阪でもお風呂一緒に入りたーい」

「えー、こっちに来るってか？　え、まいったなぁ。バタバタしてるし、もう少ししたら毎日でも一緒に入れるんやぞ。それやったら、来週末にでも帰ってあげるわ」

「いやや、優太も大阪行きたーい」

「うーん、困ったなー。ほんなら一晩だけやぞ。それでいいか？」

「うん、やったー」

「ほんならお母さんに代わって」

すぐに有加里とは、僕が大阪を離れる直前の週末に日にちを指定して電話を切った。そして、部屋をぐるりと見渡し小さくため息をついた。

さらば、大阪！　たくさんの思い出をありがとう！


「優太、大阪に来たらこっちの言葉で話そうか」

「うん、お父さん」

「ちゃうちゃう、大阪では父ちゃんや。父ちゃんって呼んでみ」

「うん、父ちゃん」

「よっしゃー、ええで。ほな、ご飯でも食べに行こか」

「やったー」

僕は優太を自転車の後ろに乗せて、アパートから最寄りの野崎駅へ向かった。目指すは晩酌以外にも何かとお世話になっている、野崎駅前商店街のど真ん中にある鶴亀食堂だ。

「優太、今日はな、父ちゃんがいつも食べてる店で美味しいご飯食べよか」

「うん、父ちゃん」

「そこはな、大阪名物のたこ焼きやお好み焼きがあんねん。ほんでな、優太のおばあちゃんが揚げるよりはちょっと落ちるけどな、大阪で一番美味いコロッケもあるんやで。おまけにな、店には面白い親子もおるで。優太のおばあちゃんとお母さんよりよう喋るでー」

「ほんま？　父ちゃん早よ行こ」

「お、ええで。もう大阪弁もばっちりやな」

五年間がむしゃらに頑張った、大阪での単身生活もあと少しで終わる。大阪支店での業績を評価され、福井に戻ったら昇進も内々に聞いている。大阪での刺激的な生活には未練もあるが、ある意味いいタイミングかもしれない。それに、来ようと思えばいつでも来られる。しかも福井に戻れば、会社の同僚たちが羨む美人妻と温かい家族が待っている。

何て幸せなのだろう！


「優太、もうすぐやで。鶴亀食堂の看板が見えてきたで」

「やったー、父ちゃん。もうお腹ぺこぺこや。早よ行こ」

僕と優太は、ノールックで拳を軽く合わせた。

「おいっ、おばちゃん何やってんねん」

「こらこら、オバハン。ここは入ってきたらアカンとこやで」

鶴亀食堂へ入る直前の、最後の交差点で数人の男性が一台の車に向かって何か叫んでいた。振り返って見ると、大通りから野崎駅へ向かって、一台の乗用車が低速で走ってくる。最新モデルと思われるシルバーの普通乗用車は、進入禁止の狭い商店街を突き抜けようとしていた。

「おーい、そこの自転車の二人、危ないでー」

「おいっ、早よ逃げなあかんで」

「何や、あの運転手。えらい焦っとんなー。誰か止めたってや。運転代わったりーや」

商店街を歩いていた買い物客や商店主が口々に叫んだ。だが、僕は優太を自転車から降ろすことに手間取っていた。とりあえず、優太を自転車に乗せたまま食堂の店先に身を寄せた。

「おい、そっちにハンドル切ったぞ」

「おい、そこのお父さんと子供、早よ逃げなあかん。自転車(チャリ)ほかして早よ逃げろ!」

「もうあかん、あー、当たる、ぶつかる!」

冷静さを失ったドライバーにコントロールされた乗用車は、もはや暴走する鉄の塊でしかなかった。突然猛スピードで走り始めた乗用車は、ほんの少しだけ方向を右に変え、僕と優太に向かってきた。

もう、何が何だか分からなかった。僕は逃げるどころか怯える間もなく、暴走車両に襲われた。そして、一瞬で記憶が飛んだ。

最新型の自動車なのに、ブレーキを踏んだらアクセルだった？　この車は欠陥車だ！という主張を加害者がした事故は、希望に満ち溢れる親子の未来を一瞬で閉ざした。

事故から一か月後には、現場となった鶴亀食堂の端に小さな献花台が設けられた。そして、二輪の花とおもちゃのコロッケが付いたキーホルダーがひっそりと置かれるようになった。


「優太、そろそろお母さんとこに帰ろうか」

「うん、父ちゃん。早よ帰ろ」

「せやな。ほんでな、帰ったら何食べたい？」

「それは、もちろん」

「もちろん？」

「コロッケやで、父ちゃん」

「よっしゃ、父ちゃんも腹いっぱい食べるでぇ」

僕と優太を突然失った桑原家は、事故後しばらくは店を休んでいたが、二か月後に再開した。僕たちが大好きだったコロッケを揚げ続けることが、僕と優太の供養になると考えたからだろう。そして、有加里は毎朝コロッケを二個揚げている。

毎日コロッケを供えてくれてありがとう。もう涙は見せないでね、有加里。大事な優太を巻き添えにしてしまい、本当にごめんなさい。邦夫義父さん。悦子義母さんの揚げたコロッケは、日本一美味しかったです。ありがとう。みんな、僕は優太と天国へ行ったら、すぐに桑原家の家族として生まれ変わるよ。そしたら、またみんなで仲良く暮らそう。では、しばらく二人で旅に出ます。

高間直人

直人君へ

「もう成仏はしただろうか？　志半ばで逝ってしまい、君も残念な気持ちでいっぱいだろうと思う。優太が二十歳になったら三人で酒を飲もう！という約束が叶わなくて、私はとても残念だ。心に大きな穴が空いたような日々が続いている。生きる希望を失ったといっても過言ではない。私も君たちの後を追いたいくらいだ。

だが、有加里はまだ若い。君には申し訳ないが、有加里には早く再婚してもらいたいと思っている。それにしても、君は大変なことをしてくれたな。桑原家待望の跡取り息子を道連れにしやがって。

君は戻らなくてもいいけど、優太を元の姿にして返せ。この野郎！」

邦夫

直人さんへ

「私は毎日悲しいです。誰にも話せないけど、優太が笑う姿を夢でよく見ています。朝起きて現実に戻るとため息が出ます。優太が大好きだったコロッケを揚げると涙が出てきます。こんなことになるなら、有加里を直人さんと結婚させなければ良かった、とさえ思います。有加里をあの会社に入れなければ、とも思うばかりです。

私はあの日に戻りたい。高校生の直人さんがコロッケを買いに来ていた頃に戻りたい。もうあなたにはコロッケを売らないわ。ましてや、間違えたふりしてメンチカツなんて絶対に渡さないからね。

あんたなんか、売れ残ったアジフライでも食べてなさい！」

悦子

直人へ
「あんたはどうして優太を鶴亀食堂へ連れて行ったの？　まさか、あの浅黒い顔の出戻り色ボケ女に会わせたかったの？　あんたは私が何も知らないと思っていたようだけど、同僚の嶋崎さんから全部聞いていたのよ。あんたは大阪に行ってからすぐに、街食堂の倫子とかいう女とデキていたらしいじゃないの。最初は信じなかったけど、心配していた嶋崎さんから定期的に話を聞くにつれて、徐々に疑い始めたわ。でも、可愛い優太がいるのにそんなことするわけない！と思っていたから完全には信じていなかった。だけど事故の少し前に、嶋崎さんから決定的な写真を見せてもらってからは、もう駄目だった。あんたが福井へ戻ってきたらきちんと話をして、疑惑が本当だったなら別れようと思った。でも実際は違うかもしれない、何か特殊な事情があるのかもしれない、それだったら優太のためにやり直そう！とも思っていたの。私は事故後の現場検証時に思い切って、同じ被害者でもある倫子さんから話を聞いたわ。あんたはバツイチで、子供の親権を元妻の私と争っているっていう、作り話までして口説いていたそうね。私には、一生君を離さない！とか言いながら、どうしてあんな品のない性悪女にちょっかい出したの？　あの女はケツがデカいだけで胸はペッタンコじゃないのよ。もっと綺麗な女とくっ付いたならまだあきらめもつくけど、あんな不細工で口から生まれてきたようなお喋り女が不倫相手だなんて。もう悔しいのを通り越して情けないわ。

私は毎日コロッケを仏壇に供えています。世間体やあんたの家族の手前、あんたの位牌も仏壇に置いてあるけど、コロッケは全部優太の分だよ。コロッケが大好きな優太にお腹いっぱい食べさせるためだよ。あんたは一口も食べちゃ駄目だからね。

このゲテモノ喰らいのあんぽんたん！」

有加里

高間直人君へ

「どうだい、少しは落ち着いたかな？　直人とは高校一年からずっと一緒に学びながら遊び、就職先まで同じになったよな。俺たちは不思議なご縁があったんだと思う。でも、これから大事なことを話そう。直人が大阪で不倫をしていたことを、有加里ちゃんに話したのは告げ口なんかじゃない。高校の時から可愛かった有加里ちゃんがますます魅力的になり、幸せそうにコロッケを揚げているのを見ていたら、俺は我慢ができなくなったんだ。この女性(ひと)を悲しませたらいけない。昔から恋焦がれている有加里ちゃんを裏切っている直人が許せない。有加里ちゃんのために何かしたい！　そう思っただけなんだ。

でもびっくりしたよ。まさか直人が交通事故で逝っちまうなんて。でも悪いが、これは俺にとってチャンスじゃないか！って正直思ったよ。直人は自業自得で逝ったんだから、これで正々堂々と有加里ちゃんにプロポーズできる！ってさ。

直人が逝って日が浅いからまだ籍は入れてないけど、有加里とはいずれ一緒になるつもりだ。そして、有加里のご両親のためにも、俺たちは早く子供を作る予定だ。幸いなことに、有加里とは全てにおいて相性がいい。すでに有加里の心から、直人は消えている。あとはもうしばらく時が経つのを待って、新しい生活（くらし）を始めるつもりだ。

直人、悪く思うなよ。これも運命（さだめ）だ。あきらめようじゃないか。

でもたまにはみんなで、直人が格好良かった時代（ころ）の話もしてやるからな。あばよ」

嶋崎渉

何でこうなるのよ？

ケセラセラァー。

了

最高のダーリン

「ぼ、ぼ、僕と結婚してください」

「ええ、いいわ。でもね、私は家事を一つもしないのよ」

「もちろんやらなくていいです。僕が全部やります」

「それとね、会員制エステには毎週行くのよ」

「貴女がずっと綺麗でいられるのなら、僕は喜んで送り迎えもします」

「あとね、ブランド大好き女子だから、新作が出たらすぐに買うわよ。それでもいいの？貴方お金ある？」

「我が家には田圃が五町ある。松茸のたくさん採れる山が三つもある。自宅の蔵には江戸時代から眠る、正真正銘本物の骨董品が山のようにある。これらはもうすぐ全部僕の物になるんだ。だから、一生貴女に不自由はさせません」

男は腰を直角に曲げ、左手に抱えきれないほどの真っ赤な薔薇を持ち、右手の指を真っすぐ伸ばし女に差し出した。待つこと四秒、男の右手に温かいものが触れた。

ん？　毛深くて小さい？　男は頭を十度上げ、上目遣いで女を見た。

「痛っ、痛たたたたぁ」

男の右手を白い猫が爪で引っ掻いた。

にゃおー。

またこれか。

九月の寝姿には苦労する。日中は夏の名残が感じられるが、夜深になれば冷涼な空気に包まれる。都会ではまだまだ暑い夜が続いているかもしれないが、ここ福井市は一足先に秋がやってきたようだ。寺木良介はオーバーな厚着で寝たせいか寝汗が止まらず、最近何度か見る夢でたたき起こされた。

「良ちゃん、あんた来年は四十になるの自覚してる？　そろそろ本気で結婚相手を探さなあかんよ。これから先はあっという間に五十になるからね。そうなったら、ちゃんとした結婚は難しくなるよ」

「あー、そのうち何とかするよ」

「本当に分かってる？　このままやったら寺木家はなくなるよ。ご先祖様は誰が供養するの？　お墓は誰が守っていくの？　お仏壇はどうなるのよ？」

日頃家族に言われ続けている会話が聞こえたところで、ようやく眠りから覚めた。

良介は来年三月で不惑になる。三十代には結婚をしなければ、と家族から言われ続けてきたがあと半年だ。近頃は早生まれで良かったと思うようにさえなっていた。

十五年前に実姉の史恵が嫁に行ってからは、良介は寝たきりの父と膝が悪い母との三人暮らしが続いている。大きく伸びをしながら階下のトイレへ行き、誰に遠慮することなく大きな屁を二発こいた。郊外に建つ古くて広い屋敷内は、放屁以外の物音は一つも聞こえない。良介は静寂すぎる空間に寒気を覚え、何でもいいから音が聞きたくなり窓際に近づいた。しばらくして、壁一枚向こうの軒下から野良猫の鳴き声が聞こえた。すぐに、姿の見えない野良猫にネコ語で礼を言った。これでぐっすり眠れそうだ。

にゃおー。


「私はこういう者です。どうぞお受け取りください」

小柄で丸顔の男が良介に差し出した名刺には『イージー・ラヴァー・エブリィ・コンサルティング株式会社　次長　福田保男』と書かれていた。横書きの右上には、小さな赤いハートが二つ記されているスタイリッシュな名刺だった。

良介は夢の余韻が残ったまま、休日に福井市郊外にある喫茶店のボックス席で緊張していた。受け取った名刺を丁寧に整え、テーブル左隅に持っていき対面に座る初老の男に軽く頭を下げた。男の額には、人生の長さと深さがにじみ出ていた。男とは、先日まではメールでやり取りをしていて会うのは今日が初めてだった。良介はひと月前に、インターネットで見つけた出会い系マッチングサイトに会員登録をしていた。

「寺木良介です。どうぞ宜しくお願いいたします」

「いや、こちらこそ」

福田次長は簡単に挨拶をして、脇に置いていた黒い鞄の中から数枚のレジュメを良介に差し出した。

『少子化対策特別救済特区婚活条例　極秘資料』

モノトーンで大量の文字が書かれてあるレジュメには、見る者を寡黙にさせるような文字が羅列されていた。

「何ですか、これは？」

「私共は民間の婚活コンサルタント会社ですが、実は総務省の外郭団体で、緊急少子化対策特別プロジェクト関西支部から、我が日本が抱える、改善が急務な忌々しき問題を解消するよう依頼されております」

「はぁ」

「では寺木さん、貴方はどうして弊社のサイトに申し込みをされたのですか？」

「それは……私は食品加工会社で働いていますが、職場の女性はほとんどが既婚者で、ひと回り上くらいの女性ばかりなんです。それで、娘さんを紹介されることもない。たまにバツ経験のある年上の女性をそれとなく紹介されるのが関の山なんです」

「なるほど。それは寂しい環境ですね。やはり一日でも早く結婚しお子さんを育て、さらにはお孫さんを抱き上げたいですね」

福田次長はほんの少し頬を緩め、上目遣いで良介に視線を合わせた。

「では、そろそろ具体的な話をしましょうか。寺木さん、先ずはこれを見てください」

『四十代の独身男性が多いのはなぜ？　四十代の離婚が多いのはなぜ？　四十代が幸せにならなければ日本の未来はない！』

いつの間にか、小柄な福田次長は口角を少し上げて良介を見下ろしていた。

「四十代の女性バツ経験者も対象なんですか。とにかく四十代がポイントなんですね」

「おっしゃる通り。二十代での結婚は早すぎると言い、三十代ではプライドと理想のハードルが上がり自分のバリューと乖離していく。それでも好い女と男はハードルを下げずにベターなパートナーとマッチングしていく。ところが、金がない、学歴がない、見た目も平凡な普通の人は売れ残っていく。その人たちが四十代になると、たまたま結婚してもいずれ襤褸が出る。一昔前だったら我慢していたが、最近の四十代は我を通してしまう。ところが、周りに仲間が増えれば恥ずかしくも何ともない。それが今の四十代未婚男性とバツだらけの男女が溢れている要因なんです」

福田次長は朗々と語り上げ、また良介を見下ろした。

「はぁ」

福田次長の流れるような言葉の波に、大きく息を吐くしかなかった。

「寺木さん、でもね、バツ経験者はまだ救われる。なぜだか分かりますか?」

「えーっと、それは縒りを戻せるからですか?」

「まぁ、それもあります。でもそれよりも、子供がいるからなんです。未来へのバトンタッチができているからなんです。失礼ですが、今からだとお子さんが成人される時寺木さんは還暦だ。それから初孫が誕生する頃は米寿あたりになっていることでしょう。元気で長生きしていればいいけど、下手したらお孫さんを抱っこできませんよ」

良介はすぐにスマートフォンの画面を電卓機能に変え数字を打ち込んだ。別に電卓を使わなくてもできるが、今まで避けていた計算だ。さらにスマートフォンを見ているうちに、二十七歳まで細く長く付き合っていた中学のクラスメイトともちゃんが脳裏に浮かんだ。良介が一歩踏み出さなかったせいで、向こうはしびれを切らし翌年結婚をした。今は隣クラスの同級生と仲睦まじく暮らしている初恋相手だ。

「本当ですね。早くなんとかしないといけませんね。で、私はどうすればいいのですか?」

「先ずは、寺木さん自身の棚卸しをすることです。そして私共が、ありとあらゆるデータを追加入力し最適なパートナーを探します。あとはシナリオに沿って行動するだけです」

『寺木良介　三十九歳　魚座　血液型O　身長百七十三センチ　体重六十五キロ　結婚歴なし　実家で高齢の両親と三人暮らし　実姉は福井県越前市へ嫁ぐ　福井県立平山高校普通科卒　平山加工食品株式会社製造部係長　好きな食べ物は親子丼　嫌いな食べ物はピーマン　飲酒は週三日（ハイボールを少々）　喫煙経験はあるが今は吸っていない　性格はむっつり助平で惚れやすく思い込みが激しい　尊敬する人物は桑沢圭祐　趣味は釣り　恋愛体験は一人　好きなタイプはショートカットヘアで年下の小柄な女性だが年上にも興味あり　好きな体位は騎乗位　将来の夢は全国の温泉巡り』

「これは……どうしてこんな細かいとこまで書いてあるんですか？」

「初めにお伝えしたとおり、私共は寺木さんから頂いた情報のみならず、全国のありとあらゆる方面からのデータも活用してパーソナルデータを作成し管理しています」

良介は瞬きもせずに、福田次長の説明を真正面から受け止めていた。

「それで、これをどうやって活かすのですか？」

「では、次にこれを見てください。私共が寺木さんに最も相応しいパートナーを探し当てました」

『蓬田穂香(よもぎだほのか)　二十四歳　蟹座　血液型Ａ　身長百五十三センチ　体重四十二キロ　結婚歴なし　出身地は和歌山県橋本市だが現在は大阪市内で独り暮らし　三姉妹の末子　和歌山県立橋本第四高校普通科卒　だるま堂釣具店販売員　好きな髪形はショートカットヘア　好きな食べ物はバナナクレープ　嫌いな食べ物はセロリ　飲酒経験はほとんどないがパッチテストではかなり飲めるらしい　喫煙経験なし　性格は几帳面で行動的　尊敬する人物は高校時代の恩師　趣味は釣り　恋愛経験は一人　好きなタイプは年上で温厚な人　好きな体位は騎乗位　好奇心旺盛　将来の夢は海と山が近い場所で暮らすこと　生誕地や現住所にこだわりなし』

良介は蓬田穂香のパーソナルデータを何度も読み返し、下を向いたまま相好を崩した。

「二十四歳……十五も下なんですね」

「そうですよ。寺木さんは年下が好みでしょ」

「えぇ、はい。でも、いいんですか。向こうが嫌がらないでしょうか？」

「お相手の穂香さんは全然大丈夫です。それに、私共では十五くらい離れた組み合わせの離婚率が一番少ない、というデータがあります」

「へぇ、それは意外ですね」

「世の中には色んな人がいます。趣味や好物が違うだけではなく、理念や理想だって違う。見た目では分からない心の裏側に隠された考えや性癖だって違う。それらを全部ひっくるめてデータ化し、ベストマッチなパートナーと組めば幸せになれるのです。ほとんどのカップルが勢いや一時の情欲に惑わされて一緒になっています。最初はラブラブだが、すぐに本性丸出しになり、トラブルや諍いが絶えなくなる。それからは、我慢するか別れるかの選択が待っているだけです」

「ということは……」

良介は唾を飲み込みながら福田次長を上目遣いで見た。すぐに福田次長はレジュメを閉じて、良介に優しい微笑みを投げた。

「寺木さんは私共が用意したパートナーと一緒になれば必ず幸せになれます」

「本当ですか。ありがとうございます」

「では、さっそく手続きをいたしましょう」

福田次長は新しい書類を鞄から取り出し、電卓を使わずに事務費用の説明を始めた。ベストパートナーを探すまでは無料だが、そこから先は全てお金がかかる。紹介手数料、マッチングシステム利用料、生活安定準備期間移行支援手数料、その他諸経費を合わせると、総額で高級乗用車一台分くらいのお金がかかるという。ただし今回は「少子化対策特別救済特区」の事業であり、尚且つ新たに閣議決定される予定の「結婚支援少子化防止対策及び新生活特別支援事業」の対象として、支払う経費の大部分が後日返還されることになっているという。

「意外とお金がかかるんですね。払えるかな？」

「先ほども申し上げましたが、ご結婚が決まれば後日還付金が入ってきます。これを見逃す手はありませんよ。それと失礼ですが、寺木さんはご高齢の両親がいらっしゃるのでは？きっと、お孫さんの顔を早く見たいと思っているはずですよ。相談すれば何とかしてくれますよ。でもね、妙な心配をさせないために細かいことは言わない方がいいですよ」

「そうですね、分かりました」

「では頑張ってください。寺木さんにとって人生の一大転機ですからね」

「はい！」

良介が久方ぶりに顔を上げると閉店が近いのか、喫茶店の中はすっからかんだった。珈琲一杯で何時間いたのだろう？　福田次長が伝票を手に席を立ったタイミングで、カウンター内でグラスを磨いていたマスターが、思い切りくしゃみをした。

はっくしょん！

すると、反応した喫茶店の愛猫が良介と福田次長に向かって口を大きく開けた。

にゃおー。


「初めまして、寺木良介です」

「初めまして、大阪から来ました蓬田穂香といいます。宜しくお願いします」

「あ、こちらこそ宜しくお願いします」

良介は穂香と福井駅前のカンピオーネ・アラビアータで初めて会った。せっかくだから日本海の幸を堪能してもらおうと思ったが、相手の年齢を考えて、普段滅多に足を運ばない隠れ家的なイタリアンレストランを選んだ。福田次長は同席しないことになっているので、ベストな選択だと思った。

「えーっと、穂香さんは僕と十五も年が離れているけど、大丈夫ですか？」

「はい、私は全然大丈夫ですよ。寺木さんは嫌ですか？」

良介は心臓の鼓動を抑えながら、穂香の瞳に吸い込まれていた。事前に全身を含めた穂香の写真を見せてもらっていたが、実物は思っていた以上に好みのタイプだ。

「いや、とんでもない。穂香さんみたいな若くて綺麗な人が僕みたいな中年男と結婚だなんて、本当にいいのかなって思っただけです」

「ふふっ、変な人。お互いに膨大な数の中からベストなマッチングをされたのよ。いいに決まっているじゃないですか」

「あ、そうでしたね。あのぉそれと、穂香さんは和歌山出身で大阪住まいでしょ？　バリバリの関西人なのに、言葉は標準語ですね。東京から来た女優さんみたい」

「ふふっ、可笑しな人ですね。初対面の人に関西弁で話したらドン引きされてしまうでしょ。だから最初は上品に慎ましくやっててんねん。せやないと断られるかもしれへんやん」

「あー、それがいい。穂香さん、それでお願いします」

「ありがとう、良介さん。これでやっとリラックスできそうやわ。でもな、そっちも気楽に喋ってくれへんとおかしいわ。あっ、せや、今度から二人が会う時は関西弁で話さへん？　私が教えてあげる」

「あー、それええな。ほな、そうしまひょか」

「ぷっ、それはちょっと変な関西弁や。でもええ感じやで、良介さん。あ、それとな、私のことは呼び捨てでええよ。ほのかって呼んで。私は良ちゃんでいくわ」

「えー、なんかいきなりで恥ずかしいけど、それでいきまひょか」

二人は今日初めて同時に笑った。良介は十五も下の女性に、僅か十分で心を奪われた。

オー、マイダーリン、今夜は季節外れの雪が降りそうだ！

良介は穂香に福井まで来てもらったが、さすがに初回から共に一夜を過ごすわけにはいかず、最終電車で帰る穂香を福井駅で見送った。二人はレストランで小一時間お喋りしてから、自慢の愛車ソラアで越前海岸をドライブした。話題の中心は釣りと将来の夢物語で、良介は久しぶりに女性との濃厚な時を過ごした。二人でお酒やグルメを楽しむのは次回の約束にして、良介は夜九時過ぎに自宅に戻り今日の出来事を回想した。そして、明け方にドラマのような夢を見て長時間うなされた。

「マスターいやや、それだけはできへんわ。髪は女の命って言うやん。うちはずっとセミロングやで。何でこの福井のおっさんはショートカットが好きやねん。年下で顔が好みやったら髪型くらい何でもええやんか。このむっつり助平は何考えとん」

「あかんあかん、穂香ちゃん。髪はまたなんぼでも生えてくるがな。この手の田舎者（いなかもん）は髪型にはうるさいねん。穂香ちゃんが言うとおりに髪型くらいどうでもええやろ、って俺も思うけどな、あかんねん。手当少し弾むさかいやってぇな」

女は丸顔で小柄な初老の男と、バーカウンターを挟んで侃々諤々唾を飛ばしながら逆三角形のグラスを持っていた。

『福田保男（本名　江頭欣一）　六十二歳　蠍座　血液型B　身長百六十二センチ　体重五十三キロ　通称はマスター　離婚歴四回　岐阜県大垣市出身で現在は大阪市内で独り暮らし　ガールズバー（リスと栗）経営者　尊敬する人物は明石屋さんた　好きな食べ物はたこ焼き　嫌いな食べ物は生野菜　飲酒は週七日（何でも飲む）　性格は粘着質で二重人格　趣味は陸釣り　恋愛体験は三桁　好きなタイプはお金持ちの女性とヴァージン　好きな体位は乱れ牡丹　持続時間は無限　将来の夢は南の島で暮らすこと』

その男は数人の女性と同じ空間にいて、カウンター内から誰彼構わず相互に話をしていた。女性たちは皆濃い化粧で、肌を過剰に露出する格好で寛いでいた。季節は真夏で冷房の効いた屋内だろうか。全員が生足をひけらかしながら、肩には薄手のカーディガンらしきものを纏っている。そして、細い煙草を咥えカラフルなグラスを持っていた。

『坂下沙耶香（源氏名　蓬田穂香）　二十四歳　天秤座　血液型B　身長百五十三センチ　体重四十二キロ　結婚歴なし　大阪府大東市出身で現在は大阪市内で猫と暮らす　ガール

ズバー従業員　尊敬する人物は阿風呂奈美恵　好きな食べ物は大トロと鮑のステーキ　嫌いな食べ物は鰻と穴子　飲酒喫煙大好き　性格は嘘つき　趣味はネットショッピング　恋愛経験は五人　好きなタイプはお金持ちでワイルドな人　好きな体位は抱き地蔵　好奇心超旺盛　将来の夢は馬主になること』
「な、頼むで穂香ちゃん。次に会うた時に一芝居打てばええから。もちろんエッチはせんでええけど、ぎょうさん金払うさかい手握っておパンティーくらいは少し見せたってな」
「もう、またそれかいな」
良介が見る夢の中で、女と男は微笑みながらグラスを合わせた。

はっくしょん！

午前三時三十三分。良介は久しぶりに年下女性と二人きりで過ごした時間が忘れられず、穂香？と思ったのも束の間で、すぐにまた新たな夢路を辿っていった。もう先ほどの続きは出てこない。三時間後に起きた時には、若い女性の夢を見たことさえ忘れていた。すぐに階段を下りてトイレに入り、いつも以上に大きな屁を二発こいた。

すっきりした後、壁向こうの野良猫にネコ語で朝の挨拶をした。そして、野良猫の名前をホノカと名付けた。

にゃおー。

「良ちゃん、次は大阪で会いたいな」

「ええよ。どこで待ち合わせする？」

「東梅田にな、瀬里佳いう喫茶店があんねん。夜はスナックやねんけど、昼は普通に純喫茶やってんねん。そこで最初に大阪デートの打ち合わせでもしよか」

初めて会った福井デートから二週間後の土曜日、二人は赤紫色の重厚なソファーに向かい合って珈琲の香りを楽しんだ。お互いまだ隣同士に座る雰囲気にはなっていないが、福井で対面した時よりは距離が近くなっている気がする。

良介は鼻の下が伸びていることを悟られないように、できるだけ爽やかな雰囲気と年上男性の余裕を見せるよう繕っていた。穂香は良介が下を向いた隙に、天井の四隅にある黒いカメラに向け右手の人差し指と中指を立てた。

「良ちゃん、最初に大阪のシンボルでも行こか」

「大阪のシンボルって何なん？　大阪城かな？　あべのハルカス？　あっ、通天閣や」

「さすが良ちゃん、全部正解やんか。でもな、最初に行くんは恋愛成就のお参りやで」

穂香が放つ関西弁と女優のような笑顔に、良介のハートは大阪でもぶち抜かれた。

今宵はどうなっても構わない、オー、マイダーリン！


「良ちゃんがこっちに来てくれたことに乾杯」

「穂香ちゃんの笑顔と大阪の夜にカンパーイ」

「良ちゃんまたや。穂香ちゃんやないで、穂香やで。ホ・ノ・カって呼んで。せやないと結婚できへんよ」

「あぁ、ごめんごめん、ごめんちゃい」

「良ちゃん、酔っぱらうと性格変わるな。何やえらいことになってきたで」

「おぉ、せんきゅーべりーまっちょ」

「あははは、めっちゃ面白いやん。今日はもっと弾けてやー」

穂香は良介が酒に飲まれやすいことを知ると、寄せて持ち上げた胸元をひけらかせ足を何度も組み替えし、良介の視線を散らしながらハイボールを勧めた。

「穂香、今日は一緒に泊まってくれるやろ。なっ、ええやろ」

「いやぁ、何言うとん。良ちゃん、それあかんで。契約違反になるんちゃう？　でもな、今すぐ良ちゃん家の山と田圃全部くれるならええけど」

「俺らは結婚するんや。そしたら全部穂香のもんになるんやで。さっ、早よ行こ」

良介と穂香は大阪の観光地巡りの最後に、通天閣界隈の串カツ屋で再会の乾杯をした。

そして、なだれ込むように個室カラオケボックスに入り歌いながら杯を重ねた。

良介は酒がそれほど強くないのに、異郷の地大阪に来たということと、宝石のようにさえ見えてきた穂香に酔いしれていた。そこで穂香は、今日初めて良介の手を握った。

「良ちゃん、結婚したら毎日一緒にいられるやん。せやから、今日はここまでにしとこ」

「穂香、大阪まで来たんやから今日は頼むわ。もう我慢できへん」

「もう、良ちゃんったら。でも、こんなとこでは嫌や。ムードないやん」

「よっしゃぁ、ほな行くでぇ」


レッドカード！

千鳥足でホテルに入った良介は穂香に通報され、一発で契約違反となった。今までに先払いしたお金は一円も戻ってこない。それどころか、穂香の身内から強制わいせつ罪で訴えられると脅された。

万事休す。

多額のお金を取り戻すことができないうえに、告訴をちらつかせられたら身動きが全く取れない。もうあきらめるしかなかった。

短い間に見た夢の代償は高かった。ブラウスの上からほんの少しだけ触った、跳ね返すような胸の感触が忘れられない。こんなことならブラウスの中にも手を入れれば良かった？　良介は小さな後悔をすることで大きな代償を忘れようとし始めた。

大阪での喧騒の余韻に浸りながら、こうなったらせめてホノカを抱きしめてやろう！　と思ったが、自宅に姿は見えず鳴き声も聞こえなかった。愛しのホノカ、どこへ行った？

にゃおー。

半ば強引にホテルに連れて行っただけで、高級乗用車一台分の金が消えた。この事実は何度寝ても消えない。振り込んだお金は戻ってこない。愛車の助手席には、穂香の使ったブランケットが今も小さくたたんで置いてある。直近の持ち主を待っているようだ。

多額のお金を使った二回のデートから半年が過ぎ、良介は尻が落ち着かない日々を過ごしていた。

「ちょっと、良ちゃん。この日に引き出したお金は何に使ったの？　お母さんやお父さんは知ってるの？」

「いやぁ、何やったかな？　納屋の修理に使ったんやったかな？　あ、風呂場の修理やったかな？　今度確認しとくわ」

良介は親の口座からくすねた金の行方を、銀行員の嫁となった史恵に追及され始めていた。史恵は定期的に実家を訪ね、両親の世話がきちんとできているかの確認と、財産が目減りしていないかの点検をしていた。

早くお金を口座に戻さなければならない。焦り始めた良介は、また不思議な夢を見た。

「福田次長、金を返してくれ。あれは親に内緒で引き出した金だ。穂香、お前は人を騙して何とも思わないのか？　恥ずかしくないのか？　どうなんだ？」

夢の中で良介は憤っていた。男の胸ぐらを掴み、女を睨みつけていた。

「寺木さん、おたく幾つやねん？　もう四十やろ。立派な大人でっせ。それは騙されるおたくが悪いんちゃう。おたくみたいな平凡で金のない男が十五も下の女に好かれるはずないやろ。それに、おたくも呆けた親の金を勝手に引き出したやないか。同罪やで」

「悪いけど、良ちゃんと結婚する気は全くないで。さようならー」

「おい、いい加減にしろ。とにかく金を返せ」

「もう、ほんましつこいやっちゃなー。もう分かった、分かった。せやったら、おたくにも稼げる方法紹介したるわ。まぁいっぺんで全額は取り戻されへんけど、三回くらいやったらいけるんちゃうかな？」

「騙し取られた金が戻るなら何でもする。頼む、教えてくれ」

「ええよ。ほな、大阪に来たら教えたるわ」

「私も待ってるよー。良ちゃん喋るんは何言うとるか分からへんかったけど、カラオケは上手かったで。こっち来たらもう一回デュエット、し・て・あ・げ・る」

またこれか。

良介が見た夢の中で、女と男が不敵な笑みを浮かべ手招きをしていた。

そうだ、大阪へ行こう。

そう思った瞬間に夢が覚めた。珍しく今日の夢ははっきりと覚えている。もう福田次長と穂香に電話は繋がらないが、手掛かりはある。東梅田の瀬里佳に行けば何とかなるかもしれない。とりあえず仏壇に手を合わせ、滅多に唱えない六文字を口にして、おりんを三回鳴らした。すると、澄み渡る音に反応したのか、久しぶりにホノカが戻ってきたようだ。

にゃおー。


新緑の季節を迎え、爽やかな風が流れる福井を背にし、良介は高速バスで独り大阪へ向かった。これが一番安く大阪へ行ける行き方だったからだ。

「確かこの辺やったかな？　あ、ちょっと違うな。もう一本こっちかな？　おぉ、懐かしい。ここでもう一回、穂香とお参りしたいなぁ」

　昼過ぎに東梅田駅で降り、露天神社（お初天神）界隈の細い路地を歩き始めた。ネオン輝く夜に比べると、昼の歓楽街は拍子抜けするほど素っ気ない。道行く人はそこそこ多いけれど、中々瀬里佳にはたどり着けない。

「やっぱりこのビルだよな。風俗案内所の二軒隣で、べっちゃん食堂が一階にあったはず。ここの三階で間違いないはずなんだけど……。何で瀬里佳の看板がないのかな？　何だこの絵は？　リスが栗の実をかじっているよ。変な看板だなー」

　瀬里佳の看板があったと思われる場所には、違う看板が掛かっていた。

　リスと栗。

「あ、すいません」

「おい兄ちゃん、ちゃんと前見て歩かんかい！」

　良介は上ばかり見ていたせいで、前から歩いてきた小柄な男に気が付かなかった。ぶつかった勢いで二人は店の自動ドアに触れ、べっちゃん食堂の自動ドアが開いた。

「いらっしゃいませ、お二人さんですか？　カウンターどうぞ」

「ちゃうちゃう。どうぞやあらへんわ。大将、今は入れへんけど夜また来るわ」

「へい、おおきに。マスター、待ってまっせぇ」

「すまんな大将、ほなまた後でな」

良介は、どことなく聞き覚えある声の主をあらためて見た。

「あっ、おたくは？」

「あー、もしかして……、福田次長さんですか？」

「何や、寺木さん。どないしたん？　何でこんなとこにおるん？」

「あ、いや、ちょっと気になることがあって……」

「気になることって、何やねん？　まー、立ち話も何やから上行こか」

良介はスマートフォンを操作する福田次長に続き、ゆっくりと昇るエレベーターで三階の店に入った。茶色い扉を引き、中に入ると見覚えのある光景が目に飛び込んできた。

純喫茶、瀬里佳。

久しぶりに店内に入り見廻すと、とても純喫茶には見えない重厚な造りになっている。珈琲の香りを楽しむには重すぎる。前回とはかなり違う雰囲気を感じた。

「ところで寺木さん。今日は何の用事でこっち（大阪）に来たんですか？」

「それはもちろん、去年あったお見合いマッチングのことですが……」

はっくしょん！

福田次長は良介の言葉を遮るように、くしゃみを一つしてから静かに切り出した。

「寺木さん、去年のあれは下手打ちましたなぁ。せやけど、何で急いでしもうたん？　うちとこが用意したシナリオ通りにしとったら今頃は若い嫁はんもろて薔薇色の人生やったのにぃ。もったいないことしましたなぁ」

「それは、あのぉ、ちょっと酔っぱらってしまって……でもね、福田次長。あれはやらせやったんじゃないですか？　十五くらい離れた組み合わせが上手くいく、なんて話は他で聞いたことがないし、穂香は我が家の財産のこと詳しく知っていたんですよ！　何だか僕は嵌められたような気がする。もしも騙しやったなら金を返してほしい」

「寺木さん、何言うてまんねん。そのセリフはこっちの方や。おたくらのマッチングが成立せえへんかったから、うちとこには一円も入ってけーへん。出張料や諸経費だけが出ていってしもうて大損や。おまけにやな、穂香ちゃんは和歌山から一人で大阪来たんは訳があんねん。色々複雑な事情があってやな、身元引受人みたいな人がおるけど、その人がちょっとややこしい人やねん。大きな声では言えんけどな」

　福田次長は急に周りを気にし始めて、小声で良介の顔に寄せ話し始めた。良介は背中に冷たいものが走った。

「えっ、そうなんですか」

「ええか、このことは仮に穂香に会(お)うても絶対に言うたらあかんで。今んとこは俺がピシッと抑えとるから大丈夫やけどな」

「あ、ありがとうございます」

「まぁーええよ、それよりもな寺木さん、あんたもう一回見合いせぇへんか？」

「えっ、ほんとですか？　でも、もうお金もないし、上手くやれる自信がないですわ」

「今度はな、ちっぽけな自信なんかいらん相手や。年上のバツイチやから金も前みたいにはぎょうさんいらん。次はな、おたくよりちょっと年上やねん。前みたいに若い娘やないから逃げられることはないで。逆に太陽が黄色く見えるまで離されへんのちゃうか。おたくは大船に乗ったつもりで相手に任せておけばええんや」

「いや、でも、どんな人ですか？」

「さぁこれや。じっくり見てみい」


『篠山友里恵　四十四歳　蟹座　血液型ＡＢ　身長百五十八センチ　体重四十六キロ　前夫とは十年前に協議離婚　実子は一人（二十歳男性で別居）　生まれも育ちも石川県金沢市　持ち帰り惣菜店勤務　尊敬する人物は小泉明日子　好きな食べ物は鶏の唐揚げ　嫌いな食べ物は椎茸　飲酒は週一日（休日前にハイボールを浴びるほど飲む）　喫煙経験はあるが今は吸っていない　性格は一途　趣味はヨガ　好きなタイプは年下で素直な人　好き

な体位はご無沙汰しているので不明　将来の夢は全国の美味しいもの食べ歩き』

良介は女性のプロフィールを一字一句丁寧に読んだ後視線を元に戻し、次は舐めるように履歴の文字を追った。福田次長は良介の微かな変化に気付き、メタルフレームの遠近両用から色付きレンズの厳つい眼鏡に取り替え一気にまくし立てた。

「これがターゲットや。おたくの仕事はな、このおばはんにとって最高のダーリンになることや。ええか、このおばはんが一発で惚れる男になるんやで。向こうは前の旦那と別れてからは子供を育てるんで必死やったらしい。あっちの方はずっとご無沙汰やねんけど、女やから風俗は行かれへん。子供が巣立った今は解放感に満ち溢れて、新しい人生を歩みたい。でも遊びは嫌や。せやったら多少金はかかってもきちんとしたとこでちゃんとした男を紹介してもらいたい。それで、うちとこに問い合わせがあったんやで」

「ターゲットって、もしかしてこの人を……」

「当たり前や。もう分かるやろ。このおばはんを惚れさすんや。おたくの虜にするんや。それが仕事や。せやけど、男と違(ちご)て女からはぎょうさん金もらわれへんからなぁ。でもこれから何回かやったら払(はろ)た分くらいは稼げるでー。さっきぼそっと、金を取り戻せるなら何でもする言うたやろ。まさか、やらんっちゅう選択肢はないわな」

良介は急に強面になった福田次長の目力と眉間の皴に押され、平常心を失いかけていた。

「はいっ、やります。やらせてください」

「よっしゃー、ほな早いとこ打ち合わせしよか。さて、問題はこのおばはんからどうやって金を搾り取るかやな。あ、せやせや、忘れとったわ。おたくの先生呼ぼか。おーい、もうええで。早よこっちおいで」

「はーい、良ちゃーん。お・ひ・さ・し・ぶ・り」

瀬里佳のカウンター奥の厨房から現れたのは、半年前に一瞬でハートをぶち抜かれた穂香だ。今日はミニスカート姿での自慢の足は見せていない。穴がいくつも開いたジーンズに大きめのフード付きパーカーを身に纏っていた。

「あ、その節はどうも」

「ふふっ、何かしこまってんねん。久しぶりやな。少し痩せたんちゃう？　何やシュッとして格好ようなったで。あ、それよりもな、これだけは信じてほしいことがあんねん。あの時な、良ちゃんと結婚してもええ思た瞬間あったんやで。年上が好きなんはホンマやから。でもな、いきなりホテルはあり得へんかったわ。穂香どうしたらええか分からへんようになって……、でも今日からは仲間やで」

穂香は良介の左隣に座り軽く体を寄せてきた。良介のハートにまた何かが刺さった。

「ほな、説明しよか。分からんことあったら穂香ちゃんに聞いてな」

「あ、はい、お願いします」

やられたらやり返す。もう騙された相手からは取り返せないが、こうなったら違う奴から取り返してやる。友里恵、容赦しないぞ。


「では、とりあえず一旦福井に戻ります」

「おー、打ち合わせご苦労さんやったな。ほな、次の細かいことはまた連絡するわ。まっ、宜しく頼んまっせ、福井の色男さん」

「はい、分かりました。では、お願いします」

満面笑みに戻った福田次長とぎりぎりまで打ち合わせをして、足取りも軽く瀬里佳を後にした。足早に大阪駅に着くと、駅地下のデパートで弁当を物色しながら相好を崩した。

実は、瀬里佳で見せてもらった篠山友里恵は好みのタイプだった。少々高めだが、ストライクゾーンには間違いなく入っている。友里恵はややふっくらとしていたが、色白で上品な雰囲気を醸しており、良介の四歳上にはとても見えなかった。女手一つで子供を育て上げた苦労人には見えない。ということは、これから恋をすればもっと輝いてくるのかもしれない。

徐々に、瀬里佳で抱いた野望とは違う意味の高揚感を覚え始めた。慌てて飛び乗った最終の高速バスに乗るとすぐに缶ビールで喉を潤し、持てないほどに冷えた缶入り生原酒をじっくりと味わった。肴に買った厚切りネタの握り鮨を胃袋に収めた後は、滋賀県に入ったあたりからガラガラのバス内で大鼾をかいて寝た。

そして夢を見た。


「あのむっつり助平は相変わらずや。穂香を見た瞬間に思いっきり目尻下がってたやん。それに、篠山友里恵の写真見て鼻の下伸ばしてたで。もう笑いこらえるのに必死やったわ」

「さすが穂香ちゃん、細かいとこまでよう見てんな」

「今頃はバスん中で友里恵さん抱いてる夢でも見ながら寝てるんちゃう？」

「いや、友里恵と穂香ちゃんに囲まれ川の字になっとる夢でも見てるはずやで」

「それやったら超ウケるんやけど。でも良ちゃんは懲りんおっちゃんやなぁ」

「騙された後に次騙す方になるなんてありえへん。騙されたらまた騙される。騙された者(もん)は手を変え品を変えまた騙される。一度でも騙された者が騙す側には永久に来られへんのが娑婆の常や。穂香ちゃんよう覚えておきや。あっ、せやせや、忘れとった。金沢の友里恵に早よ電話せなあかん」


夢の中で男は、スマートフォンで一方的に喋り始めた。女は無表情でスマートフォンをいじっている。やがて長い電話が終わり、女と男は顔を合わせた。

「マスター、この友里恵さんって、うちとこの仕事初めてやろ？　大丈夫なん？」

「穂香ちゃん何言うとん。このおばはん若い頃は金沢の香林坊いう繁華街でやり手のホステスやったんやで。透き通るようなもち肌で、北陸の助平な社長さんぎょうさん手玉に取ったらしいわ。福井の初な兄ちゃん騙すくらいは掌の上で転がすようなもんや」

「さすがマスター、ようそんな女見つけたなぁ。っていうか、何でそんなに顔広いん？」

「ははは、それは国家機密や。でもな、これで北陸は友里恵に任せて、次はどこでやったろかなー。まっ、これからも何かと頼むでぇ、穂香ちゃん」

「ええよ。せやけど、穂香の夢も叶えてや」

「何や、また金かいな。穂香ちゃん、いつの間にか悪ーなってもうたなぁ」

「それマスターのせいや。マスターが初な女を性悪女に仕上げてしもたんやで。穂香の大事なもんまで奪ってるし」

「ははは、それは堪忍や」

　女と男はグラスを交わし、いつまでも笑っていた。

　その頃良介が乗った福井駅行きの高速バスは、ただひたすら星空の闇夜を北上していた。

バスは敦賀を通過したからもう少し、あともうちょっとで福井駅に着く。すっからかんのバス内で夢の中を彷徨っている良介に、野良猫のホノカがメッセージを放った。

この野郎、いい加減に、にゃおー。

了

ＧＴＲ（天使のように僕は死んだ）

天国の昼間は雨が降らない。雨は毎日深夜、日付が変わる頃から日の出の間だけ降っている。天国の住人が皆寝静まり、誰も外を出歩かない間だけ降ることになっていた。おかげで作物や家畜は順調に育ち、人々は快適に暮らせていた。とある平日の、穏やかという言葉しか出てこない小春日和の昼前に、トオルは天国で共に暮らすパートナーのマナミと河川敷を歩いていた。二人は早起きして作った、新米で握ったおにぎりをデイパックに詰めて歩いていた。

「マナミ、今日も穏やかな火曜日だね」

「ふふ、天国は毎日が日曜日みたいなものだからね」

「ほんとそうだね。のどかでいいよ。僕たち地獄へ堕ちなかったから幸せだね。あっちは毎日が雨嵐で、真夜中だって吹雪いていているらしいよ」

「ほんと？　それは絶対行きたくないよね。でも、地獄ってどこにあるのかな？」

「うーん、どこだろう？　たぶん、元の世界よりもずっと下の方にあるんじゃない？　僕たちには一生縁のない場所だけどね」

周りには同じようなカップルが、何組も微笑みながら寛いでいる。ほとんどが手を繋いだり腕を組みながら悠然としていた。

「それにしても、雨の気配が全くないよね。こんなこと言ったら罰が当たるかもしれないけど、たまには俄雨でも降ればいいのに」

「えっ、どうして？」

「トオルは経験あるかな？　私が電車通学していた高校時代なんだけど、駅に近づくにつれて、市内にある他の高校生がたくさんやってきてね、一緒に歩く男女のカップルもたくさんいたの。しかも、ほとんどが見せつけるように晴れた時は手を繋ぎ、雨が降ると一つの傘に入って歩くのよ。実は一度見ちゃったけど、信号待ちの傘の中でキスしていたカップルがいたんだよ。私は友達と三人でいたけど、もう見ていられなくて。逆にこっちが恥ずかしかったけど、実は羨ましかったんだ。次に生まれ変わったら、一度でいいから相合傘して周りの視線を浴びたいなぁ、ってね」

「ははは、そういうことか。僕もそんな経験はないよ。それだったら……」

「おーい、トオル。何やってるの？」

マナミの右腕がトオルの左腕に巻かれたタイミングで、緩斜面の土手の上から男性の声がした。長身の男性の左側では、スレンダーな女性が大きく何度も手を振っている。

「あ、ケイゾウ、久しぶりだねー。キンコリちゃんも一緒？」

「そうだよ。これから川縁でランチしようかと思ってね」

「だったら一緒に食べようか。僕たちもこれからなんだ」

「おー、いいね。そうしようか」

声を掛けながらゆっくりと下りてきたのは、天国で知り合ったトオルと同じ永遠の三十五歳のケイゾウだった。海難事故で死んだケイゾウは、乳癌で死んだ三十二歳のキンコリと天国でパートナーになった。暴漢に襲われて死んだトオルと交通事故で死んだマナミにとって、天国で最も気を許せる二人だ。

「キンコリちゃん、今日も白いブラウスが素敵ね」

「マナミちゃんだって、ベージュのニットカーディガンがお洒落じゃない」

「ありがとう。そういえば、天国で暗い服は見ないね」

「ブティックには明るい色しかないからね」

マナミとキンコリは同じ年ということもあり、とても仲がいい。トオルたち四人は緩やかに流れる水面に手が届く川縁に腰を下ろし、すぐにランチボックスを開けた。

「では、いっただきまーす」

「キンコリちゃん、私の作ったおにぎりも食べてね」

「わー、白ゴマいっぱいで美味しそう。何だか崩すのがもったいないね。中は何が入っているのかな？　そうだ、マナミちゃんも私が作ったサンドウィッチ食べてね」

「すごーい。とってもカラフルで綺麗。キンコリちゃん、相変わらずセンスいいね」

　マナミとキンコリは、相手が持ってきたランチボックスを両手で持ち、互いに写真を撮り合った。これはいつものことで、マナミはその写真を大事に保存している。いつ見ても微笑ましい情景だ。しばらく見ていた後にトオルがふと空を見上げると、番いの小鳥が四人の真上で円を描くように飛んでいた。間もなく別の番いも飛んできて、二組の小鳥はいつまでもトオルたちの頭上を舞っていた。


「あ、ところでさ、トオル知ってる？　来月末にまた例のクイズやるんだって」

「え、もしかして？」

「そう、高視聴率で超人気のあの番組だよ。しかも今度は出場者限定で、三十代の男性しか出られないんだってさ」

「へぇー、そうなんだ。でも、どうして限定なんだろう？」

「昨日、天使のエリーに聞いた話なんだけど。最近の天国はやたら三十代の男性が増えちゃって、カップルのバランスが合わなくなってきてるらしいよ。それで天使リーダーのノボルが考えたのが、出場者限定にして何人か元の世界へＧＴＲするってことなんだ」

「え、ＧＴＲって何？」

ケイゾウが一呼吸置いて、口角を上げながらゆっくりと口を開いた。

「トオルは何にも知らないんだね。ＧＴＲはゴー・トゥー・リボーンのこと。俺たちもいずれは生まれ変わるだろうけど、ＧＴＲは自分が歩んできた元の世界に生まれ変わるってことなんだ」

「へぇー、やっぱり、元の世界に戻りたい人もいるんだね」

「そりゃーそうだよ。天国にいる人全員が同じ思いじゃないからね。もちろん、天国では何不自由なく暮らせるけど、中には元の世界でやり残したことがあるとか、もう一度会いたい人がいるとか、まーみんな色々あるんだよ。俺もあるけど、トオルだって何かあるだろ。でも、一般的に多い理由は子供じゃないかな。天国では絶対に子供が作れないじゃないか。元の世界の子供に会いたくても、あっちが天国に来るまでは会えないからね」

「確かに、それは言えるよね」

マナミとキンコリは、ファッションの話で盛り上がっていた。トオルとケイゾウの会話は耳に入っていないようだ。すると、トオルの耳元にケイゾウが少し近づいてきた。

「トオルも、実は戻りたいって思ってるんじゃないの？」

「うーん、微妙だね」

「前にさ、やり残したことがあるって言ってたじゃない。あれ何だったの？」

「奮発して買った、スイートテンの指輪を桃子に渡せなかったことなんだ。だから、もう一度元の世界に戻れたら直接渡したいんだよ」

「へー、桃子ちゃんって元の世界での奥さんだろ。何の仕事してたっけ？」

「桃子の仕事？　僕が業者で出入りしていた地元放送局のパート社員だよ。ラジオ番組のアシスタントをやっていてね、朝早く出たり深夜に帰ってきたりと、年中忙しかったんだ。だから中々二人の時間が作れなくて、ようやく結婚十年の節目で今までのことやこれからのことを話そうと思ってね、少し豪華なディナーを用意したのに、それなのに……」

　トオルはそれ以上言葉が出なかった。すると、ケイゾウがさらに近づいてきた。

「天国は毎日が平和ボケして面白くないんだろ？　もっと刺激が欲しいんだろ？　俺には分かるよ、トオルのその気持ち。俺だってキンコリちゃんとは毎日笑ってばかりいるけど、たまには目移りしちゃうからね。もっとたくさんの人と遊びたいけど、天国で浮気や不倫はご法度だからね」

「いや、僕はそんなんじゃないよ」

「トオルも男なんだからさ、別に格好つけなくていいよ。結局何だかんだ言って、マナミちゃんより桃子ちゃんの方が今も好きだってことだね。忘れられないんだろ」

「あ、いや、そのぉー」

トオルはケイゾウの顔を真っすぐ見られなくなった。

「じゃあさ、トオルはどうしてマナミちゃんを選んだの？　もちろん天国には、元の世界でのパートナーとは一緒に暮らせないってルールがあるけどさ。マナミちゃんじゃなくても、もっと桃子ちゃんと似たようなタイプの人はいっぱいいるじゃないか。トオルから聞いた感じだと、マナミちゃんとはまるっきり違うじゃない。どうして？」

「それは……」

「それは、何？」

「天国に来たら元の世界での辛い思い出はほとんど消えて、楽しいことしか残っていないだろ。桃子と一緒に過ごした思い出は、ほんとマジで楽しいことしか覚えていないからね。でもね、天国に来てから桃子と雰囲気や顔が似ている人を何度か見かけたけど、どういうわけか心が動かないんだよ。耳元でやめとけやめとけ、っていう声が朧げに聞こえるんだ。そんなことを繰り返すうちに、自分を見つめ直すっていうか、本当に望んでいる相手がはっきり分かってきたんだ。好きなタイプが分かったんだよ」

「それでマナミちゃんを選んだの？」

トオルは小さく首を垂れて、ケイゾウは手を大きく広げた。

「でもさ、踏ん切り付けるために一度クイズ大会出たら？　マナミちゃんには、エリーに頼まれ仕方なく出たことにすればいいじゃん。そこで精一杯やって、優勝したら元の世界に戻って、駄目だったら天国でこれからもやっていくってことにしてさ。後にも先にも一度だけ、試しにやってみたら？」

トオルはケイゾウの方には顔を向けず、今度は少し大きく頷いた。マナミとキンコリは食べることも忘れて、まだ喋り続けている。空は変わらず柔らかい日差しで四人を包んでいたが、さっきまで上空を舞っていた番いの小鳥はもう見えなかった。


「トオル、今日はケイゾウさんと何話していたの？」

「あ、今日って、ランチしてた時のこと？」

「そうだよ。何か小声で話していたでしょ。私実は、ずっと気になっていたの」

「いや、別に、ただの昔話だよ。元の世界は今頃どうなっているのかなー？ってこと」

「トオル、天国で隠し事したらＧＴＨされるからね」

「え、それ何？」

「天国から追い出されて、地獄へ堕ちるゴー・トゥー・ヘルのことよ。最近流行っているの。トオルの隠し事や嘘は分かりやすいからね」

マナミは夕食後に、新調したオレンジ色の眼鏡を通し、トオルの顔を下からのぞき込んできた。トオルは嘘をつくのが下手だ。すぐ顔に出てしまうので、元妻の桃子にもしょっちゅう見破られていた。

「あ、ごめん。嘘や隠し事はいけないよね。ケイゾウと今日話したことは全部言うよ」

「うん、ありがとう。詳しく聞かせてね」

トオルは一つ咳払いをして、マナミの正面に顔を向けゆっくりと口を開いた。

「実は、今度三十代の男性限定で、クイズ・スーパー・リボーンが開かれることをケイゾウから聞いたんだ。で、僕に出てみないか？って言われてさ」

「優勝したら元の世界に戻れる、禁断のクイズ大会のこと？」

「そう。あまり興味はないけどね……」

「トオル」

「何？」

「また嘘ついたよね。顔に出てるよ」

うつむき加減になったトオルを、無表情のマナミがまた下からのぞき込んだ。トオルは精一杯作り笑いをしたが、次の言葉がすぐに出なかった。

「あのー、マナミ。本当のことを言うと、ケイゾウから話を聞いた時、確かに心は動いた。

マナミもそうだけど、僕は自ら死を選んで天国に来たわけじゃない。元の世界に全く未練がないと言えば嘘になる。やり残したことがないわけじゃない。もっと色んなことを学びたかったたし経験もしたかった。もう少し生きていれば達成できた夢もあった。ただ、その全てを叶えるためには犠牲が伴う。辛い思いや悲しいことを乗り越えていく必要がある。時には人を裏切らなければいけないこともある。でも、天国では何もしなくていい。努力することや無理をすることはない。人を欺くこともなく、悲しい涙を一つも流すことなく、毎日のんびりと暮らしていける。だから、天国での生活には満足している。でも……」

トオルは最後の言葉を飲み込んだまま、両手の拳を強く握った。すると、トオルの右拳をマナミが両手で静かに包んだ。その手は温かく、トオルの拳を涙から守っていた。

「もういいよ。実は前から分かっていたの。私はキンコリちゃんみたいに美人じゃないし、スタイルやファッションセンスだって平凡だもん。いつも思っていたの。トオルと幸せになる自信はあるけど、トオルの欲求全てを満たす自信はないってね。トオルがたまに空を眺めているのを見て感じていたわ。元の世界に戻りたいんだろうって。桃子さんにもう一度会いたいんだろうなーって。私では満足できなかったんだね。バレバレだったよ」

「ごめん、マナミ。でもこれだけは分かってほしいんだ。僕はマナミが好きだ。大好きだ。ただ、桃子にもう一度会って確かめたいことがあるんだ」

「何を確かめるの？」

「僕は今でも、桃子と棺の中で永遠の別れをしたことを鮮明に覚えているんだ。ただね、御花と一緒に指輪を棺に入れてきたんだよ。そして『ごめんね、ありがとう！』って言ったんだ。僕はその理由が知りたいんだ」

「指輪って？」

マナミが両手に力を入れて尋ねてきた。

「結婚十年目にちょっと奮発して、小さいけどダイヤが十個並んだプラチナリングを買ったんだ。でも渡す前に僕は死んじゃったけどね」

「え、もしかして、桃子さんはその指輪を棺に入れたの？　もったいなーい。私だったら形見として大事に取っておくけどなー」

「そうだろ。普通は棺に入れないよね。おそらく、突然の死だったから気が動転したんだろう。もう一度元の世界に戻れるなら、棺に指輪を入れた理由を聞いたうえで、直接桃子に手渡したいんだ」

「ふーん、そんなことがあったんだ。それで、指輪は今どこにあるの？」

「マナミと暮らすまではずっと持っていたけど、今はヘブン銀行の貸金庫に預けてある。黙っていて悪かったけど、これだけは捨てられなかったんだ。ほんとごめん」

言い終わると同時に、マナミがトオルの目を遠慮なくのぞき込んだ。

「よしっ」

「何だよ、よしって？」

「ふふ、今度は嘘ついてないね。それよりも、ありがとう。桃子さんとの大事な思い出を全部話してくれて」

「僕の方こそありがとう。ケイゾウみたいに長身でイケメンじゃないのに。優しくしてあげる自信はあるけど、気の利いたことは何もしてあげられなくて……」

マナミの両手に、大粒で温かい二人の涙が落ちた。

「いいよ、気にしないで。私は前のパートナーからずっと言葉の暴力を受けていたから、元の世界には未練がないの。もしトオルがいなくなっても、天国にはキンコリちゃんがいるし、テニスサークルの仲間もいるから平気よ。何も気にしなくていいから元の世界に行きなよ。私は、トオルが天国に戻ってくるのを待ってる。何年何十年かかってもいいから、もう一度私のところに帰ってくるのを待ってるから」

「うん、僕は約束する。必ずマナミのところに戻ってくる」

「じゃあ、お互いに約束しようね。でもトオル、嘘ついたらＧＴＨだよ」

「分かってる。僕はマナミに相応しい男になって、もう一度会いにくるから」

二人の涙が枯れる頃、壁掛けのアナログ時計は日付が変わり始め、雨が降り始めた。天国の住人は、この雨音を合図に深い眠りに入っていく。だが今夜の二人は真夜中を指す長針と短針のように深く重なり合い、濃密な一夜を共に過ごした。


「さー、それでは皆さん。今日もベストを尽くして権利を勝ち取ってくださーい」

「はいっ！」

総合司会のポンタが大きな声で鼓舞すると、六名の出場者は一斉に声を揃えた。初めて入るテレビスタジオは思っていたより広くて明るい。トオルは天国唯一の放送局、エンジェル放送のメインスタジオに来ていた。今日はクイズ・スーパー・リボーンの本選だ。ケイゾウに話を聞いた翌日から、クイズ大会のファイナリストになるために準備を重ねた。一次選考の書類審査が通り、エンジェル放送の会議室で行われた二次予選を突破して、最終六名で争われる本選にたどり着いた。もうゴールは目前だ。

「最初に、今日は皆さんに素敵なお知らせをお伝えします」

「はい、ポンタさん。お願いします」

出場者全員は、また大きな声でポンタに返した。ここまでは台本通りの進行だが、ここから先はぶっつけ本番になる。トオルは唾を飲み込んだ。

「今日は、な、な、なんと、ここにいる全員が望みを叶えられます。このステージにいるだけで、皆さんは全員元の世界に戻る権利があるのです。社団法人全国天使育成会と、冠スポンサーのエンジェルハッピーホーム様の協賛により、今回限りのスペシャル企画が実現しました。優秀な天使を育成する総合大学の設立と、天国での住宅着工累計十万戸達成記念の感謝で実現したのです。今日の皆さんは超ラッキーですよ」

「ありがとう、ポンタさん。さすが名司会者！」

「エンジェルハッピーホームさん、次に家を建てる時はそちらで注文するからね」

出場者全員が大声で口々に叫んだ。ガッツポーズをする人や、後ろを振り返り応援席に向かって手を振る人もいた。トオルの応援者はケイゾウだった。さすがにマナミを連れてくることはしなかった。トオルはケイゾウに向かって右手の親指を立てた。

「それではクイズを始めますが、その前に皆さん。全員が元の世界に戻れるのにどうしてクイズをするの？って思いませんか？」

あ、そういえば……、トオルはゆっくりと唾を飲み込んだ。ポンタが出場者の顔を順に見ながら口角を上げた。

「今回は特別に、クイズで早抜けした人から早い者勝ちで好きな時代に戻れるのです。生後間もない頃、十歳、二十歳、三十歳、そして、皆さんが死んだ一か月前、死んだ前日と、選択肢は六個あります。ただし、今までと同じルールで、元の世界に戻る時には皆さんの記憶はリセットされます。どうしても自分の人生を変えたい人は、メモに残すなどの方法で記録しても構いません。ただし、記憶がリセットされた状態でメモを見ても、不思議に思う人がほとんどのようですけどねー」

トオルは、予想していなかったポンタの発表に歓喜した。どうせ戻れるのなら、お互い独身だった二十歳がいいな。それが駄目なら三十歳か、いっそのこと十歳でもいいけど、死んだ前日だけは避けたいな。トオルは深く目を閉じて、長く強く祈った。

「では、さっそく始めます。これから順に四択の問題を出して、正解者の中で一番早くボタンを押した人から勝ち抜けていきます。ただし、不正解の累積が二回になると、次の問題は一回休まなくてはなりません。宜しいですか、皆さん」

トオルは無言で頷いた。出場者全員が元の世界に戻れると聞いた時はお祭り騒ぎだったが、今は一転して、張り詰めた空気がスタジオ内に漂い始めた。

「あ、それと一つ言い忘れました。勝ち抜いた人から好きな時代を選択できますが、最後になって希望の時代が残っていなくても必ず一つ選んでください。今回は拒否権がありません。皆さんはいずれかの時代に、必ず戻らなければいけませんよ。それではこれより、クイズ・スーパー・リボーンでしか行われない禁断の儀式を行います。皆さん、もうお分かりですよね。元の世界から天国に来る全員の脳に組み入れられる、ウエルカム記憶リセット効果を部分解除させていただきます。これで皆さんには元の世界での記憶が全て甦りますが、登場人物の顔にはモザイクがかかっています。これは、罪を憎んで人を憎まず、の精神にのっとった、無意味な争いごとを避ける天国での大原則に基づいています。だが記憶が甦ることによって、皆さんの闘争心に火が付くことでしょう。是非とも、天国で普段見せない気迫と根性でクイズに挑戦してください。それでは、ヘッドセットを付けてお待ちください」

クイズ参加者は一言も喋らず、慎重にヘッドセットを付けた。目を瞑りながら付ける人も二人いた。

「皆さん、準備と覚悟は宜しいですか？　それではいきますよー。スリーッツーワン、ゼロ」

一瞬だが、脳に軽い振動が走った。トオルはゆっくり顔を上げ、円形に並んだ他の出場者を何度も見廻した。ほぼ全員と視線が合った。皆目が笑っていない。天国ではおそらく見せないような、険しい表情をしている。応援席や一般見学席も巻き込んで、スタジオ内の緊張はさらに張り詰め始めた。トオルは、ポンタがジャケットの胸ポケットから問題用紙を取り出す仕草から目を離さなかった。

「では、一問目です。慶長八年に始まり約二六〇年続いた江戸幕府の政権を世襲した徳川家の将軍を古い順から答えてください。A家斉、B家康、C家治、D家慶。さぁー皆さん、早押しです。正解者の中で一番早く答えた人が一抜けです」

「よしっ、これは簡単だ。でも待てよ。家康が最初なのは分かるけど、残りは似たような順番じゃないか。あ、家慶は最後だね。問題はAとCだ。えーい、これだー」

トオルの答えはBACD。かなり早く押したから、正解なら一抜けできるはずだ。

「はい、回答時間の三十秒が終わりました。それでは早速、一問目の正解はBCADです。正解者は三名です。一番早かった人は3・85秒で正解したメンコロさんです。おめでとうございます。それではメンコロさん、中央のこちらのお席にお越しください」

最初の勝ち抜け者は、二重瞼の目が印象的な男だった。満面の笑みを浮かべて何度も叫んでいた。

「メンコロさん、先ずはおめでとうございます。どうですか、今の心境は？」

「ポンタさん、ありがとうございます。私は日本の歴史が大好きなので、この問題は楽勝でした。ただ、緊張してボタンをすぐに押せなくて焦りましたよー」

「いやいや、ダントツで早かったですよ。メンコロさんの得意分野が出てラッキーでしたね。では、いつの時代に戻りたいですか？　貴方には全ての選択肢があります。どうぞ」

「はい、ありがとうございます。私は二十歳に戻りたいです」

「ほほー、それはどうしてですか？　差し支えなければお聞かせくださいませんか」

「はい、ポンタさん。どうせ戻れるのなら死に別れした妻と再会する前に戻りたいのです」

「ほほー、なるほど。せっかくですから、もう少し視聴者の方に分かりやすくお聞かせいただけませんか」

　メンコロは数秒間目を瞑り、ゆっくりと口を開いた。

「妻とは職場で出会い社内結婚をしました。でも本当は同じ高校の二学年後輩で、当時から知っていました。ただ、あの頃の私は硬派で通していたので、周りの男子生徒から人気のあった女子のことは気にしない素振りをしていました。実はすごく気にはなっていたのですが、何人かのクラスメイトが猛アタックをしていたので静かに見守っていたのです。その後クラスメイトの恋は一方通行で終わったようですが、数年後に職場で再会した時に、今度は私が猛アタックをして彼女を口説き落としたのです。偶々職場には当時フラれたクラスメイトも一緒に働いており、『何だよ、高校の時は知らん顔していたくせに、実は秘かに狙っていたんじゃないの？　結婚破綻したら俺にくれよ』なんて冷やかされていました。その頃はきついジョークだなぁって思っていたのですが……う、う、う」

「ん？　メンコロさん、どうかされましたか？」

「くそっ、あいつら二人は俺を騙しやがって！　俺が転勤で県外へ行ってる間にくっつきやがって！　許さない、俺は絶対あいつらを許さないぞ」

「え、何？　せっかく射止めたマドンナの奥様を寝取られたのですか！　おっと、失礼。話を整理すると、メンコロさんが転勤で奥様と別居している間に、高校のクラスメイトであり会社の同僚の男と愛する奥様が不倫をしていたってことですね！　それは大変だ。でも、そこで一つお聞きしたいのが、メンコロさんはどうして天国に来たの？」

　メンコロは眉間に皺を寄せ、こぶしを握り幾度となくタッチパネルの付いたテーブルをたたき始めた。

「俺は転勤が終わる直前に、あいつらが不倫をしているという決定的な証拠を手に入れた。そして、その証拠となる写真をポケットに入れ、離婚した後に親権を争うであろう一人息子と一緒にいた時に車に撥ねられてしまったのです。一瞬の出来事でした。うぉー、俺の人生を返せ。息子を返せぇ」

「わ、分かりましたよ、メンコロさん。とりあえず落ち着きましょうか。でも、一抜けで二十歳を選べて良かったですね。それでは、同じ高校の後輩とは結婚しないんだ、と書いたメモでも持って、戻る準備をしてください。とにかく、おめでとうございます。皆さん、メンコロさんに大きな拍手をお願いしまーす」

スタジオ内には割れんばかりの拍手が鳴り響いた。トオルは他の出場者と同じように、力なく三回ばかり両手を合わせた。天国で他人を羨ましがる感情はないが、クイズ・スーパー・リボーンでは当てはまらない。エンジェル放送は天国の治外法権なのか。いや、ここには元の世界と唯一繋がっている、時空のトンネルがあるのだ。

「では、続いて次の問題にいきましょう。先ほど不正解の人は次に間違えると、その次の問題は一回休みになります。宜しいでしょうか。では問題です。次の湖の中で、広い順から答えてください。A屈斜路湖、B網走湖、C浜名湖、D琵琶湖。さー皆さん、早押しです。正解者の中で一番早く答えた人が次に選ぶ権利があります」

「ひえー、こんなの知らないよ。でも、琵琶湖が一番広いことは間違いないだろう。よし、どうせ考えても答えが出ないなら、早押しでイチかバチかの勝負だ」

トオルの答えはＤＣＢＡ。今回も早く押した。

「はい、回答時間の三十秒が終わりました。それでは早速、二問目の正解はＤＡＣＢです。正解者は二名です。一番早かった人は５・28秒で正解したギンタロウさんです。おめでとうございます。それでは中央のこちらのお席にお越しください」

トオルは二問続けて不正解をした。見ると、トオルの他にもペナルティで席を立った人が一人いる。身長は高くないが、体重が百キロ以上はあると思われる色白の男だ。こいつにだけには負けたくないな、と強く思った。

二問目の勝ち抜け者は、小柄で痩せ型の真面目そうな人だった。目は笑っているように見えるが、大きなリアクションはなかった。

「ギンタロウさん、おめでとうございます。どうですか、今の心境は？」

「はい、ありがとうございます。さすがにこの問題は分かりませんでした。Dを押した後は運を天に任せ、ただひたすら祈っていました」

「いやー、素晴らしい。ここは天国ですから、ギンタロウさんの祈りがすぐに通じたようですね。それでは、いつの時代に戻りたいですか？　どうぞお選びください」

「では、私は十歳に戻らせていただきます」

「ほほー、それはどうしてですか？　差し支えなければお聞かせくださいませんか」

「あまり思い出したくないことですが、実は中学時代にいじめられていました。一番酷かったのは中学二年の三学期の頃で、色んなクラスの奴らが集まって、しょっちゅうトイレの個室に閉じ込められていました。そして、個室から出してもらう交換条件として、あることをやらされていたのです。僕は毎日やらされているうちに気がおかしくなって、三年からは不登校になってしまいました……う、う、う」

「ギンタロウさん、どうされましたか？　もしかして、辛い思い出が甦ってきたの？」

「はい、あの頃の自分を思い返すと……」

やがて、ギンタロウの真下にあるタッチパネルに大粒の涙が落ち始めた。握りしめた拳は小刻みに揺れている。静寂なスタジオの所々からは、いくつかのすすり泣きが聞こえ始めた。

「ギンタロウさん、いったい何をやらされていたの？　辛いところ申し訳ないですが、せっかくなのでスタジオの皆さんや視聴者の方々に具体的に聞かせていただけませんか？　ねぇ、お願いしますよ」

「分かりました。いじめられていた私はトイレの個室から出してもらうために、トイレの鏡に向かってある言葉を言わされていたのです」

「それで、ある言葉とは？」

「お前は誰だ？ってことをずっと言わされていました。それをあいつらはトイレの外でゲラゲラ笑いながら聞いていたのです。それで僕は不登校になってしまって……そして、そして、誰にも相談できなかった僕は、家族以外とは誰とも話せなくなり……うわぁぁぁ」

人目を気にせず大粒の涙を流すギンタロウの前に、ポンタが真新しい水色のハンカチを差し出した。ギンタロウは軽くお辞儀をしながら受け取り、右目から順に拭き取った。ポンタはギンタロウの前に立ち止まり、ピンク色のハンカチで目頭を押さえた。

「そうですか。それは辛かったですね。でも大丈夫ですよ。それでは十歳に戻り、もう一度中学生から人生をやり直してください。そうだ、別の中学校を選ぶといいかもしれませんね。そして、健やかで毎日笑いながらお過ごしください。それでは、ギンタロウさんには特別に、今の気持ちを脳裏に残したまま元の世界に戻させていただきます。会場の皆さん宜しいですか。では、ギンタロウさんにもう一度大きな拍手をお願いしまーす」

何だよそれは。特別に今の気持ちを脳裏に残したまま、だなんて。トオルは天国に来てから、初めて他人を憎いと思った。


「それでは、次の問題にいきましょう。次は山です。高い順から答えてください。今度もサービスの答えを一つ入れてありますから、実質三択ですよ。さー皆さん、早押しです。正解者の中で一番早く答えた人が一抜けです。A富士山、B御嶽山、C槍ヶ岳、D乗鞍岳。さー皆さん、どうぞー」

三問目は山の高さだ。富士山のサービスは有り難いとしても、残りは全然分からない。トオルは立ちながら、罰点印が書いてあるマスクをして腕を組んだ。

「はい、回答時間の三十秒が終わりました。今回は少し時間がかかりましたね。三問目の正解はＡＣＢＤです。唯一の正解者、12・12秒で正解したイーグルさん、おめでとうございます。それでは、中央のこちらのお席にお越しください」

今回の正解者は一人だった。トオルは投げ捨てるようにマスクを外し着席すると、まだ抜け出せていない出場者を順番に睨み始めた。すると相手たちもすぐに睨み返し、殺伐とした空気に包まれた。

「イーグルさん、おめでとうございます。どうですか、今の心境は？」

「はい、ありがとうございます。ボタンを押すのに時間がかかりましたが、ようやく抜けることができました。やったー。やったぞー」

クイズ出場者の中で一番年上のイーグルは、両拳を何度も振り体中で喜びを表現した。そして、まだ勝ち抜けていないトオルたち三人に深々と頭を下げた。

「いやー、イーグルさんは礼儀正しいですね。天国に来る前はさぞかし立派な方だったのでしょう。それと、たいそう喜んでおられますが、そんなに元の世界へ戻りたかったのですか？　それとも、天国での暮らしにご不満でもあったのでしょうか？」

「いやいや、天国で不満だなんて。そんなことはありませんよ。ここはまさに天国。争い事や競争などなく、何一つ不自由なく暮らせています。これで文句を言ったら罰があたります。ただ、私は元の世界で体験した不思議な出来事の真実を調べたいのです」

「ほほー、それは何ですか？　差し支えなければお聞かせくださいませんか」

「私は奥手な方で、三十歳になるまで女性とお付き合いをしたことがありませんでした。日本海側にある海沿いの工場で働き、アパートと職場の往復だけの日々を過ごしていました。平凡な生活の中で、唯一お腹も心も満たされた場所がアパート近くにあった定食屋です。そこは老夫婦と、眼鏡をかけた地味な娘さんが切り盛りしていた小さな店でした。私はほぼ毎日のように通っているうちに、眼鏡の娘さんに恋をしてしまったのです。人生で初めての恋です。中々告白できなかったのですが、ある夜なぜか自分の胸の内を話してしまいました」

イーグルは端正な顔を大きく崩し始め、抑揚を付けながら話し始めた。

「ほほー、イーグルさん、中々やるじゃないですか。でも、奥手で内気なあなたがどうして定食屋の娘さんに告白したの？」

「ある日彼女は、慣れないサンダルで買い出しに行った帰りに道端で転んでしまい、愛用の眼鏡を壊しちゃったのです。話を聞くと予備の眼鏡はなく、お出かけ用にしか使わないコンタクトレンズで仕事をしていました。驚いたことは、今までうつむき加減に働く眼鏡姿の彼女しか見たことがなかったのに、コンタクトレンズをした彼女はまるで別人のようでした。振り向きざまに見た微笑みは妖艶で吸い込まれそうでしたね。どうしてこれほどまでに変わるのか！　今まで見ていた彼女はどこへ行った？　他に客がいないからと老夫婦は奥へ引っ込み、店内には私と彼女の二人だけしかいない。私は何かに急かされるように彼女に言いました」

「何て言ったの？」

「結婚してください！」

はっはっは！

静寂なスタジオ内に爆笑の声が響いた。

「いやー、イーグルさん、思い切りましたね。付き合ってもいないのに結婚だなんて。それで、彼女は何て言ったの？」

「はい、宜しくお願いします、って言ってくれました」

「おめでとう、イーグルさん。勇気を出して良かったね。でも、幸せを勝ち取ったあなたがどうして天国に来たの？　メンコロさんのように交通事故かな？」

「いえ、私は病死で天国に来ました。不思議なことに、彼女と結婚してから徐々に体調が悪くなり、原因不明の病にかかってしまったのです。今思えば生気を吸い取られていたのではないかと推測します。風の便りによると、その後も男を取っ替え引っ替えしながら妖艶な女性でいる彼女はもしかして……」

「男の生気を吸い取りながら生きる女？　イーグルさん、貴重な体験でしたね。初めての女性が魔性の美魔女だなんて。でも大丈夫。あなたはぎりぎり結婚前に戻れそうだから、もう街の定食屋は行かずに自炊してくださいね。それでは、いつの時代に戻りたいですか？どうぞお選びください」

「ポンタさん、ありがとうございます。では、三十歳でお願いします」

ポンタは安堵の表情を浮かべたイーグルの肩に手を当て、左の耳元に小声で何かを囁いた。イーグルはすぐに大きく顔を崩し、卑猥な笑みを浮かべるポンタとハイタッチをした。

「会場の皆さんどうでしょうか？　イーグルさんには特別に、自炊が大好きなお料理マニアになって戻れるよう、脳にインプットして戻させていただきます。これで常に食事を作りたくなり、街の定食屋には行かないはずです。でも、月に一度くらいは大勢で行って美魔女観察でもしてくださいね。たまには息抜きも必要ですよぉ」

何だよそれは。脳にインプットだなんて。よし、僕も早押しで通ったらポンタさんを感動させる話をしよう。天国に来てから、初めて人を欺こうと考えた。

「それでは、次の問題にいく前に状況を整理しましょう。現在残っている挑戦者は三人。選択できる元の世界も三つ。生後間もない頃、皆さんが死んだ一か月前、死んだ前日、この三択です。われわれスタッフが事前に予想した通り、人気の年代は全て消えました。さー、次に抜ける人は誰だ？　二問目に正解したが速さで負けたウララさんか？　二問目に強く押しすぎてタッチパネルを壊したプクモンさんが汚名返上するのか？　気迫が空回りしているトオルさんに女神が微笑むのか？　とても楽しみになってきましたね。あ、ここでお知らせです。たった今入ってきた情報では、番組史上最高の視聴率をたたき出しているようです。何と、九十パーセント超えとのことです。いやー素晴らしい。それでは百パーセントを目指して、次の問題にいってみましょう」

「よし、来い」

巨漢のプクモンが、両手の指を鳴らし叫んだ。

「早くしてー」

金髪で細身のウララが、低い濁声を出して身をよじった。

「今度こそ正解して赤ちゃんに戻るじょー」

トオルも負けじと続いた。だが喉が異常に乾き、最後の方は舌がもつれた。

「それでは、次の問題です。番組のメインスポンサーでもある、エンジェルハッピーホーム様からの出題です。一昨年度の世帯主人口比率による新築一戸建てが多い都道府県を順にお答えください。A東京都、B福岡県、C奈良県、D富山県。さー皆さん、早押しです。正解者の中で一番早く答えた人が抜けられます」

四問目は業界の人間でなければ分からない問題だ。いや待てよ？　絶対数でいけばＡＢＣＤだろうけど、人口比率でいけば逆じゃないか？　田舎の方が高いはずだ。よし、これだ。トオルはＤＣＢＡを選んだ。

「はい、回答時間の三十秒が終わりました。今回は初めて全員正解ですね。一番早かった正解者は、６・48秒で正解した三十一歳のウララさんです。おめでとうございます。それではウララさん、中央のこちらのお席にお越しください」

トオルは初めて正解したが速さで負けた。たまらず深い息を吐き、手元のタッチパネルと自分の両手を交互に見つめた。

「ウララさん、おめでとうございます。どうですか、今の心境は？」

「ポンタさん、ありがとう。こんな私でもようやく抜けることができました」

「いやいや何を仰います、ウララさん。ところで一つ聞きたいのですが、あなたは男性ですか？　それとも女性ですか？　今回は男性限定の大会なのに、今のあなたはどこから見ても女性にしか見えない。番組初めは黒縁の眼鏡をかけて野球帽をかぶっていたのに、途中から帽子を脱ぎ束ねた髪を振り乱し、眼鏡を外したと思ったら、イーグルさんと私が話している間に口紅を塗った。今のウララさんは、どこから見ても艶っぽい女性ですよ。どうなっているのか話していただけませんか」

確かに、どこから見てもウララは女性にしか見えない。途中から何となくおかしいとは思っていたが、今あらためて気が付いた。会場内もざわつき始めた。

「ごめんなさい。今回はどうしても元の世界に戻りたかったので、男性に成りすましてエントリーしました。私は三十一年前に、三兄妹の末っ子として大工の家に生まれ育ちました。荒れていた中学で一通り大人の世界を知り、全然勉強をしなくても入れた高校はすぐに退学になり、昼夜逆転の荒んだ生活をしていました。ただいつまでもブラブラしているわけにはいかず、三十歳になった年に関西の奥座敷と呼ばれる温泉街の旅館で、仲居として働き始めました。しばらくすると、先輩の一人が意地悪で、男性客にチヤホヤされる私をいじめるようになったのです。悪口を言って仲間外れにするのは日常茶飯事で、トイレ掃除や草むしりなど面倒な仕事は全部押しつけてきました。それが段々エスカレートし始め、超繁忙期である年末の土曜日に事件は起きました。部屋の掃除に時間がかかり、他の仲居さんとは休憩時間が一緒にならず、一人で更衣室に入りました。するとすぐに、右隣りのロッカーから音が聞こえてきました。それは驚いたことに、人の声がしたのです。気になった私は、周りを見渡し人がいないことを確認したうえで、そっと開けました。すると中には、小さな機械みたいなものが入っていて、お経のような声が流れていたのです。

私はびっくりしてすぐに扉を閉め、すぐに更衣室を出ました。事件が起こったのは二十分後です。声が流れていたロッカーの持ち主が、『封筒に一万円札を三枚入れてあったのに一枚ない』と、騒ぎ始めました。すると複数の仲居さんが、『ウララがロッカーを開けて中をのぞいていた』と証言しました。私がロッカーを開けたのは事実ですが、封筒のお金は盗っていません。というか、封筒らしきものは見ていません。もしかして嵌められた？と思った時は手遅れでした。そして私はこの事件をきっかけに、仲居を始め厨房の板前さんや女将さんにまで疑われ始めました。無実を訴え続けましたが信じてもらえず、警察沙汰にしない代わりに私が自主退職をする、ということで決着したのです」

「ふむふむ、ウララさんはグルになった意地悪仲居さんたちに、でっち上げの盗難事件で辞めさせられた、ってことですね。それは可哀想だ。いくら何でもやり過ぎですよねー。それで、その後はどうなったのでしょうか？」

「半年経ったある夜、私がロッカーを開けたのを見たと証言した仲居の明美と、隣町のスナックで出くわしました。私は強面の男性と一緒にお酒を飲んでいて、二人で明美を問い詰めました。するとあれは作り話で、意地悪仲居の繁美が考えた猿芝居だったことが分かったのです。それで私たちは飲酒運転にもかかわらず、猛スピードで繁美が住むアパートへ向かいました。ところが道中の交差点で、赤色点滅信号を守らなかった大型トラックと衝突したのです。一瞬のことでした……」

「もしかして、ウララさんが天国に来たのはその事故のせいですか？」

ポンタがウララの肩に手をやりながら、ベージュ色のハンカチをそっと手渡した。ウララは受け取ったハンカチを左手で強く握りしめ、ゆっくりと顔を上げた。

「くそー、繁美ぃ、お前だけは許さない。生まれ変わったら絶対に仕返ししてやるからなー。生涯いじめ抜いてやる。覚悟しろよぉ」

「ウララさん、少し落ち着きましょう。話はよぉく分かりました。でもおかしいですね。元の世界での思い出は甦っても、顔はぼかして分からないようになっているはずですが、どうして犯人を特定できたのでしょうか？　おーい、ディレクターさん、ちょっと調べてもらえませんか」

会場が一気にざわつき始めた。番組スタッフが慌ただしく動き回り、十分後にスタッフがポンタにメモを手渡した。

「会場の皆さん、テレビをご覧の視聴者の皆さん、大変長らくお待たせしました。今回はウララさんの感情が強すぎて、ウエルカム記憶リセット効果の部分解除が上手く作動しなかったようです。今後のこともあるので、社団法人全国天使育成会の技術指導部で至急原因を調べていくとのことです。あらためて皆様方、大変失礼いたしました」

会場内の緊張と衝撃が収まるまで、生放送の番組はコマーシャルを流し続け時間を稼いだ。これは大変なことになってきたぞー。

だが十分後に、何事もなかったかのように番組は再開された。

「それでは、ウララさんにもう一度お話を伺います。元の世界に戻り先輩仲居に会いたいのですか？　仮に会えたら何をするのでしょうか？　まさか、仕返しなんて考えていないでしょうね。天国のルールでは、ウララさんが今のお気持ちを浄化させ、先輩仲居を許せるようにならないと元の世界には戻れませんよ。復讐心を持ち続ける限り、生まれ変わることはできないのです。もう忘れましょう。許してあげましょうよ。相手の方も今頃は少なからず後悔しているはずですよ。ウララさんが仕返しをすると、今度は来世でしっぺ返しをされますよ。もしかしたら、元の世界で起こったことは、一つ前の世界での仕返しかもしれませんよ。もうやめましょう。負の連鎖は終わりにしましょう。ここで二人の関係を清算すれば、次の人生で素晴らしい世界が待っているかもしれませんよ」

ウララは髪を両手でもみくちゃにしながら、テーブルに顔を伏せ嗚咽を漏らした。やがて応援席からすすり泣きが聞こえ始めると、ゆっくりと顔を上げた。

「ポンタさん、分かりました。全部水に流します。もう仕返しするなんてことは考えません。男性客にチヤホヤされて、浮かれていた自分も悪かったはずです。お互い様です。もし人生をやり直せるなら、次は平凡でいいから穏やかな暮らしをしてみたい。だから、お願いします。どうか元の世界に戻らせてください」

ウララは先ほどまで険しい顔つきで座っていたのに、今は憑き物が取れたかのように小刻みに肩を揺らし涙ぐみ始めた。ポンタはピンク色のハンカチで目頭を押さえながら、ウララの左肩を二回押さえた。

「ウララさんも辛い人生を送ってきたのですね。でも、もう大丈夫ですよ。あなたにとって最高の選択肢が残っています。それでは、三つの中から一つお選びください」

「もちろん、生後間もない頃をお願いします」

「承知いたしました。ただ戻るのは赤ん坊の時代ですから、メモを持って戻ることはできません。このままだと、また同じ過ちを繰り返すかもしれません。それで今回は特別に、ＩＱを少し増やして戻したいと思います。これで少し賢くなりますから、放っておいても同じ人生を歩むことはないはずです。ウララさんは幸せの切符を手にしたのです。会場の皆さんも応援してあげてください。宜しくお願いしまーす」

一体どうなっているの？　今度はＩＱかよ。なんてクイズ番組なんだ。サービスし過ぎじゃないか？　これで万が一記憶が残ったまま戻ったら、絶対に失敗しない人生をやり直せるじゃないか。もうのんびりしていられない。次こそ絶対に勝ってやる。

「それでは、次の問題にいきましょう。さー、これが最後になるか、それともサドンデスの勝負となるか。現在残っているのは二人。三十二歳のプクモンさんと、三十五歳のトオルさんの直接対決となりました。そして、残っている選択肢も二つ。死んだ一か月前と、死んだ前日がここにあります。近いですが、天と地ほどの差がある選択肢を最初に選ぶ人はどちらでしょうか？　では、問題を読み上げます」

トオルは、天国で経験したことのない焦りを感じていた。絶対に選びたくない選択肢がボードに残っている。ここで負ければ間違いなく死んだ前日になるだろう。トオルは後ろの応援席で見守ってくれるケイゾウのことも忘れ集中した。

「では、番組史上初のワンマッチ勝負に入ります。次の数字を小さい順に並べてください。A八、B十三、C二十五、D九十七。さーお二人さん、早押しです。どうぞ」

なんてこった。最後は超サービス問題だ。これはどう考えてもABCDじゃないか。よし、早さで勝負だ。ここは絶対に負けられない。トオルは瞬時にボタンを押した。対面を見ると、プクモンも凄まじい勢いでボタンを押していた。

「はい、そこまで。さすがにこの勝負は早かったですね。見事お二人ともに正解です。勝者は１・48秒のプクモンさんです。おめでとうございます。それでは、こちらのお席へどうぞ」

　トオルは敗れた。今回はしっかり押せていなかったので二度押ししたが、野太い指で確実にボタンを押したプクモンには勝てなかった。

「プクモンさん、おめでとうございます。どうですか、最後に勝った今の心境は？」

「はい、ありがとうございます。あちらの挑戦者は、このクイズが始まってからずっと私を睨んでいたので絶対に負けたくなかったです。だから、とても気分がいいです」

「ほほー、そうでしたか。確かにクイズが進むにつれ、残っている皆さんの顔つきが変わりましたからねー。私も胸が痛かったですよ。それではプクモンさん、どちらを選びますか？　死んだ一か月前か、前日か？　さー、どちらにしますか？」

「はい、もちろん……」


　番組終了後、トオルとケイゾウはエンジェル放送のロビーにいた。クイズには少し自信があったのに、他の挑戦者の気迫に押されたのか、はたまた生来のあがり症のせいで自爆したのか？　いずれにせよ、元の世界に戻らなければならない。戻る日は暴漢に襲われた前日だ。しかも、ギンタロウのように今の気持ちを残したままでは戻れない。

　番組の終盤が長引いたせいで、トオルの身の上話は一つも聞かれなかった。ポンタの同情を得ることができなかったのだ。何の特典も持たずに、元の世界の死んだ前日に戻らなければいけない。

三方が全面ガラス張りのロビーには、濃厚なオレンジ色の空が広がっていた。まるで一枚の絵画を見ているようだ。二人は無言の笑顔で、人が疎らなロビーの中央で握手をした。

「トオル、今の状況と、絶対に忘れちゃいけないことは全部メモしていこうぜ。持って行けるかどうか分からないけど、写真も何枚か撮ってポケットに入れていこうよ」

「そうだね。でも、記憶が一つも残ってないのに、不思議なメモや写真を見て思い出せるかな？　また同じ場所で暴漢に襲われたら、間抜けな話だよね。それに、今度死んでも天国に来られるかも分からないし、仮に来ても、マナミには合わせる顔がないよなー」

「大丈夫だよ。そんな心配しないで。私はずっと待ってる」

すると、ロビーに四本ある太い円柱の陰から、マナミとキンコリが笑顔で現れた。

「マナミ……、あ、キンコリちゃんも来てくれたの？」

「トオルさんが戻りたい日じゃないと思うけど、とりあえず元の世界に戻れるから良かったね。これは、伝説の天使アッコちゃんのパワーが入ったお守りだよ。これで大丈夫！」

マナミからポインセチアの花束を、キンコリからは金色と赤色に彩られたお守りを貰った。そして四人は壮大なマジックアワーを背景にして、それぞれの右手を重ね合った。

「トオル、もう決まったことだから、前を向いて歩こう。俺たちみんな待ってるから」

「ありがとうケイゾウ、キンコリちゃん。そしてマナミ、本当にありがとう。みんなの温かい気持ちはずっと忘れないから」

「うん、私たちもずっと忘れない。トオル、目一杯楽しんできてね。ファイト！」

トオルはクイズ・スーパー・リボーンの規約通りにクイズ終了後は家に戻らず、エンジェル放送の地下にあるリボーンルームへ向かった。ここから先は何があっても戻れない。気が変わりキャンセルするのを防ぐためだ。トオルはゆっくりと、銀色に光る重い扉を開けた。本日六人目のタイムトラベラーを招き入れた扉は、微かな低い音を響かせた。

中に入るとすぐに、出発案内人も兼務しているポンタが、笑みを浮かべて右手を差し出した。トオルも右手を出して微笑んだ。

さらば、天国。ありがとうマナミ。僕はもう一度頑張ってくるよ。


さー、いざ出発だ。

トオルが元の世界に戻るためのリボーンシートに座ろうとすると、ポンタの様子がどうもおかしい。突然頭を抱え、何度も地団駄を踏んでいた。

「ポンタさん、どうかしましたか？」

「いやー大変なことをしちゃったよ。元の世界に戻る人の記憶を消す、エンジェル記憶リセット装置を解除したまま送り出しちゃった。天国での記憶が、全部残ったまま行っちゃった。調子に乗って大盤振る舞いしなきゃ良かったよー」

「えー、いつからですか？」

「二番目に抜けたギンタロウさんからだ。今の気持ちを残してあげるつもりが、間違って隣のボタンを押しちゃったよ。今の気持ちは瞬間だけの記憶だけど、全部の記憶が残るコンプリートバージョンの解除ボタンを押しちゃったよ」

「その後戻さなかったの？」

「今夜の晩酌メニューを考えてたら、すっかり忘れちゃった」

ポンタは頭を抱えトオルの前にうずくまり、しばらく動かなくなった。

「ポンタさん、これはヤバいよ。天使リーダーに怒られちゃうよ」

「トオルさんお願い。このことは誰にも言わないでもらえませんか」

「いいけど、口止め料は？っていうか、僕にも何か特典くれる？」

トオルは、口角を上げてポンタを見下した。

「んー、しょうがない。トオルさんは元の世界に戻ればすぐ死んじゃうから、特別に『興味津々のぞき見ツアー』をプレゼントしましょう！」

「何、それ？」

「これは、クイズで勝ったのに元の世界に戻りたくない！と言う人向けに作られた秘密のツアーなんです。せっかくクイズで勝ち残ったのに、権利を得た途端に気が変わる人向けに開発されたレアなオプションですよ。ただし、このツアーに行くには天使リーダーの許可がいるんです。でもね、申請すると必ず『あなたが元の世界へ上手く導かないから気が変わるんだ』って注意されるんですよ。トオルさん聞いてくれる？　ここは天国ですよ。どうして天国まで来て、上司に注意されなきゃいけないの？　どうして小言を言われなきゃならないの？　出発案内人なんて、もうやってられないよー」

ポンタは隠し持っていた褐色のミニボトルを呷り、独り言を繰り返し始めた。

「ポンタさん、天使リーダーに小言を言われるんだったらいいよ。やんなくていいよ」

「いえ、大丈夫です。実は私、知っているんです。『興味津々のぞき見ツアー』や『お金持ちの家に生まれ変われる大当たりツアー』なんかはね、誰も管理していないんです。天使リーダーは忙しいし、天使たちも出世することしか頭にないから、勝手にボタン押しても分からないのです。元の世界に戻る人のことなんか、誰も気にしていないんですよ」

「へー、お金持ちの家に生まれ変わることもできるの？　だったら僕もそれがいい」

「トオルさん、申し訳ないけどそれは駄目なんです。お金持ちの家に生まれ変わることができるのは、今日のクイズだったらウララさんだけなんですよ」

「あ、そういうことね。赤ちゃんに生まれ変わる人だけってことね」

「そういうことです」

「しょうがない。では、しばらく楽しんでくるか」

「はい、今日旅立った人たちの生活を、時空を超えてのぞき見してきてください」

ポンタは苦笑いしながら、手元のコンピューターを操作し始めた。

「でも、口止め料ってそれだけなの？」

「え、まだ何か？」

「ポンタさん、僕もエンジェル記憶リセット装置は解除してくれますよね？」

「もちろん、ここまで来たら大盤振舞だ。記憶を全部残したまま出発させますよ」

「やったー、ポンタさん。ありがとう」

「いえいえ。でも、くれぐれもこの秘密は死ぬまで言わないでくださいね」

「分かりましたよ。何だかよく分からない約束だけどね」

トオルは満面の笑みを浮かべ、苦笑いしながら手を振るポンタとお別れをした。さー、いよいよ元の世界に戻れるぞ。トオルはシートベルトを幾重にも巻いたリボーンシートに座り、静かに目を閉じた。ここから先は何も見えない、聞こえない。意識が徐々に遠のいていく。ただ、天国で暮らしたことは脳裏にしっかりと残っている。この記憶さえあれば、死んだ前日だろうが一時間前だろうが心配はない。トオルは右拳を大きく振った。

やがて、暗闇の正面に小さな赤い光が見えてきた。

十分後にトオルは羽根の生えた天使のように飛び、国道沿いにある古びたファッションホテルの部屋でメンコロを見つけた。

「ねぇ、あんた、もう少しで転勤生活終わるんやろ。もううちらの付き合いも終わりやな。会うんは今日で最後にしよか」

「えっ、なんでやねん。またこっち来たら会おうや。な、ええやろ」

「せやけどあんた、うちのどこがええの？　スマホで見たあんたの奥さんえらい綺麗な人やんか。うちなんて、ケツはデカいし胸はペッタンコやでぇ」

「そんなん関係あらへん。俺は寿司が好きやから毎日でも食べたい男や。でもな、いくら好きでも毎日食べると飽きてくるやろ。たまにはな、かつ丼やラーメンが食べたくなるんや」

「ぷっ、それなんやねん。あんたの奥さんは寿司で、うちはかつ丼かいな。ははは」

何を言われてもギャグで返す、メンコロの不倫相手は生粋の浪花娘だ。転勤先で遊ぶ相手は、妻とは真逆の見た目と性格だ。メンコロは両方の時間を楽しんでいた。

あれ、メンコロさんって、確か転勤している間に奥さんが不倫をしていたって話じゃなかったっけ？　これ逆じゃない？　それとも、お互いが遊んでいたのかな？

次の瞬間にトオルは時空を超えて、メンコロの妻や家族が暮らす地方の実家に向かった。

「ねぇ、あんたら夫婦生活上手くいってるんか？　転勤先から連絡あるんか？　たまにはあっちのアパート行った方がいいざ」

「お母さん、大丈夫やって。こんなに可愛い息子がいるのに変なことはしてないって。お母さんは考えすぎやって」

「それならいいけど……」

メンコロの実家では、妻と義理の母が晩御飯のクリームシチューを煮込んでいた。台所のテーブルには自慢の幼子が車のおもちゃで独り遊んでいる、ごくありふれた日常があった。まぎれもなく、そこには幸せの二文字しかなかったはずだが次の瞬間、メンコロの妻が台所を飛び出した。突然響いた短い着信音の鳴ったスマートフォンを掴みトイレに駆け込んだ。いつの間にか、テーブルに座っていた幼子は大きく泣き始め、義母は小さくため息をついた。

やれやれ……、悪い予感が当たりませんように。

トオルは大きく両手を広げた。メンコロさんは、当てつけに同じことするより奥さんの不倫をやめさせればいいのに。っていうか、先ずは事実を確認して二人で話し合うべきだよ。邪推だけで悪い方に考えたらいけないよ。この夫婦は一度しっかりと話し合うべきだね。僕たちの関係を見習わせたいよ。

桃子、もうすぐ会いに行くからな！

トオルは、メンコロと妻の行動を反面教師のごとく見ていた。天国で愛し合っていたマナミの面影もすでに消え、お酒を飲むと頬に赤みが増し、引き締まった口元が無防備になってくる元の世界での妻が頭の中で微笑み始めた。

さて、次はどこだ？　最新の自動運転技術で制御される『興味津々のぞき見ツアー』は、ギンタロウが通う中学校へ向かった。

「おーい、みんな。今日からは二組の学級委員をターゲットにするぞ」

「マジか。あいつん家の父ちゃんは漁師で気が短いらしいぞ。バレたら怖いから狙いを変えようよ」

「大丈夫だよ。絶対バレない方法でやるから。いいか、内緒だから誰にも言うなよ」

十歳に生まれ変わったギンタロウは、勉強そっちのけで小学五年生で柔道と空手を習い始めた。元来は気が小さい性格だったが、運動神経は悪くなかった。道場では兄も一緒に習い、近所で評判の喧嘩の強い兄弟へと進化していった。兄は武道で習得した強さを内に秘めていたが、弟のギンタロウこと隆史は、毎日の修行で得た強さを違法に活用し始めた。

力を武器に、日和見主義の同級生を子分として囲い始めたのだ。

「なるほど！　それはグッドアイディアだね」

「なっ、いい考えだろ。この方法だったら絶対にバレないから。仮にバレても俺たちがやったってことは分からないから」

「さすがギンタロウ親分」

所詮中学生が考えるいじめなんて幼稚なものだが、ギンタロウは高校生の兄からも知恵を貰い、別のグループの子分たちを沈めていった。

え、どういうこと？　ギンタロウは生前いじめられていた相手に復讐しているのか！

しかも一人ずつ、巧妙に仕返ししているよ。

「もう許してください。勘弁してください」

「お前だけは許さない。お前は俺に絶対勝てない！ということを見せつけてやる」

「何でも言うこと聞くから勘弁してください」

「そうか、分かった。じゃ、今日からお前は俺の言うことだけを聞け。そして、俺の名前に様を付けて呼べ。いいか、分かったな」

「はい、分かりました。隆史様、梅田隆史様ぁ」

何てことだ。クイズでポンタさんからもらった特典をこんなことに使うんじゃないよ。

記憶を残したまま生まれ変わるのは、二度といじめられないようにするためにあるんじゃないの？　これって負の連鎖だよ。こんなことしてたら、今度は来世で仕返し喰らうんじゃないの？　同じことの繰り返しじゃないかよ。

メンコロさんは嘘をついていたようだし、ギンタロウさんは天使の特典を悪魔の武器に変えちゃった。何て愚かなんだ。

この二人はもういいや。さ、次行こ次。

次にトオルは、イーグルが暮らす二階建てのアパートへ向かった。

古くは北前船の寄港地の花街として、戦後の復興期には歓楽街として料亭や劇場などがあった街も、今では寂れた家屋に面影を残すだけとなっていた。イーグルは、栄華の面影が微かに残る街外れの安アパートで独りひっそりと暮らしていた。

「よしっ、これで俺は死なない。もう大丈夫だ」

イーグルはプライベート時間の大半をつぎ込んで得た情報を基に、休日の今日もアパート近くの定食屋へ向かった。

うるう食堂。

ここが、イーグルが足繁く通う家族経営の小さな定食屋だ。年老いた夫婦と年齢不詳の娘さんが営む店だ。ほとんどが常連客で、港湾関係者や渡り鳥のように全国を飛び回る高齢の労働者が大半だ。イーグルのような比較的若い男性は少ない。駅前のスナックへ行くとライバルが多いからパッとしないが、街の食堂はイーグルにとって居心地は悪くない。

あれれ？　でもイーグルさんって、自炊が大好きなお料理マニア！になって生まれ変わったんじゃなかったっけ？　あ、そうか。ポンタさんのミスで、記憶が全部残った状態で生まれ変わったから、今度は興味津々で定食屋に通っているのか。

「卓也さん、今日も来てくれてありがとう」

「いやいや、こちらこそありがとうだよ。こんな美味しいご飯を良心的な値段で食べさせてくれて。何だか歌織さんのご飯食べていると心が温かくなるんだ。あぁ、早くいい人見つけて、毎日こんな手料理食べたいなぁ」

「ふふっ、嬉しい。こちらこそ、こんなざっかけない料理を残さず食べてくれてありがとう。私の方こそ、一日でも早くいい人見つけなくっちゃ！って思っているのよ。卓也さんのように美味しそうに食べてくれる人ってどこかにいないかな？」

あれれ、娘さんがいつの間にか眼鏡外して微笑んでいるよ。え、今度はシュシュも外して髪の毛を梳かし始めたよ。え、どういうこと？　お互いに相手を誘っているじゃないか。

おいおいおい、イーグルさん、あ、卓也さん。せっかく生まれ変わったのにまた同じことを繰り返すかもしれないんだよ。あなたもポンタさんのおかげで記憶を残したまま元の世界に戻ってきたんでしょ。だったら同じ過ち繰り返しちゃ駄目だよ。

ん？　何だ何だ？　イーグルさんのポケットからメモ用紙が落っこちたよ。


美魔女を百倍楽しむ秘密の処方箋！　男の生気を吸い尽くし、四年に一度しか歳を取らない美魔女とまともに付き合ってはいけません。次の秘伝五か条を守っていればあなたは大丈夫！　天の川開発法人美魔女研究所　所長　ミスターエックス著
秘伝その一、行為の最中に美の秘訣を聞いてはいけません。

秘伝その二、行為のクライマックス時に耳を甘噛みされてはいけません。

秘伝その三、満月の夜に結ばれてはいけません。

秘伝その四、うるう年のうるう日には指一本触れてはいけません。

秘伝その五、百回を目途に美魔女から逃げてください。


何だよ、せっかく記憶を残して戻ってきたのにこれかよ。もっと違う活かし方があったんじゃないの？　イーグルさんって、すごく真面目そうに見えたのに下衆な男たちと変わらないね。っていうか、美魔女はリスクを冒してでも手に入れたい相手なんだね。もう好きにやってよ。どうぞお幸せにー。

さて、次はどこだ？　ウララが生まれ変わって三十年後の職場へ向かった。地元の専門学校を卒業して社会人になっていた。

あれ？　天国での記憶が残ったまま生まれ変わったはずなのに、また同じ旅館で働いているよ？　どうして？　せっかくなんだから、違う職場で仕事をすればいいのに。

「繁美さん、ある人から聞いたわ。更衣室で私の悪口を言いふらしているらしいじゃない。上司の私に不満や文句があるなら直接言いなさいよ」

「いえいえ、若女将さん。文句だなんて滅相もない。ただ……、私の担当って面倒なこと言うお客様ばっかりじゃないですか。たまには楽な担当をさせていただけませんか。昨日も散々無理なこと言われて、またサービス残業したんですよ。明美さんなんて、毎日心付けもたくさん頂ける上客ばかり。これって少し不公平じゃないですか」

「あなた誰に口きいているの？　私は公平にやっているわ。そんなこと言うならしばらくシフト外しましょうか。繁美さんの代わりなんていくらでもいるんだから」

「いえいえ、外されるとまた給料減るから、それだけは勘弁してください」

「だったら、黙って働きなさい。私に刃向かうと掃除ばかりさせるわよ」

ウララは知能指数を上げて元の世界に戻ったうえに、持ち前の男好きするルックスを武器に、以前働いていた旅館の若女将の座についていた。近頃病気がちの大女将に代わり、坊ちゃん育ちで人の好い三代目の若社長を操りながら実権を握っていたのだ。気に入らない仲居をいじめることくらいは朝飯前だ。

ウララは生まれ変わって、繁美に復讐をしていたのだ。

なんてこった。天国であれほど涙を流し、新しい人生を歩みたいと言っていたのに……。人の恨みはそう簡単には消えない。やられたらやり返す。崇高な決意を胸に生まれ変わったはずなのに、憎き相手を見つけ気が変わったのか？　いや違う。ウララは恨みを晴らすために職場を選び、確実に仕返しできるポジションを勝ち取ったのだろう。

なんて酷い女だ。でも、ウララだけじゃない。誰一人として真面目に生まれ変わっていないじゃないか。もういい。みんないい加減にしろ。こんな愚かで厭らしい世界はもう見たくない。クイズで勝ち上がった時に流した涙はどこへ行った？　生まれ変わって真面目にやり直したい気持ちはなくなったのかよ！　トオルは、『興味津々のぞき見ツアー』を途中で切り上げた。

二〇一九年九月十四日土曜日の午後四時、大阪府大東市のマンションで、関根通（トオル）はソファーに座りテレビを見ていた。

「んー、久しぶりだなー、この部屋と景色。無規則に並ぶカラフルな建物、種々雑多な匂いが混ざり合った何とも言えない街の空気、やっと念願の元の世界に戻れたよー」

通は久しぶりに戻った我が家で羽を伸ばした。ついさっきまで暮らしていた、天国での記憶もしっかりと残っている。このままだと翌九月十五日に絶命する前日は、通にとって大事な日だ。やらなければならないことが、いくつかあった。

二〇〇九年九月十五日は通と桃子が入籍した日だ。ということは、明日はスイートテン、記念すべき結婚十周年を迎える。そうだ、桃子にプレゼントする薔薇でも買いに行こう。それと、一番大事なことをやらなければ。

明日行くディナーの予約を取り消そう。ビジネスランチで使った時に気に入ってその場で申し込んだから、取り消しも直接言いに行こう。通は通り魔事件に巻き込まれて絶命した、商店街にある地元の小洒落たレストラン『ネネ・ディスティニー』へ向かった。

「明日の予約さえ取り消せば僕は死なない」

通は何度も自分自身に言い聞かせ、商店街の駐車場に車を止めて歩き始めた。

大東市にある住道（すみのどう）プリンス商店街はいつ来ても活気がある。昔から住んでいる住民と、近隣にある大学の学生たち、そして、近年引っ越してきたであろう若いファミリーも多く見かける、ごちゃごちゃとした雰囲気があった。

「僕が商店街で巻き込まれた通り魔事件は忘れもしない日曜日の夕方六時、桃子がリップクリームを買うとか言って、商店街真ん中あたりのドラッグストアに寄り、駅とは反対側に進んだところにあるネネ・ディスティニーに入ろうとして巻き込まれたんだよな」

午後五時半、通は予定通りの行動を再度確認し、開店間もないネネ・ディスティニーの真鍮のドアノブに手をかけた。すると、半開きになったドアの隙間から目に入ってきたのは、見覚えのあるショートカットヘアの女性だった。一番奥のテーブル席で、大ぶりなサングラスをかけた男性と笑っていた。男性は華やかで妖しい雰囲気を醸し出していた。

「いらっしゃいませ、お客様どうぞ。お一人様ですか？」

通はネネ・ディスティニーのスタッフに声を掛けられたが、無言でドアを閉めた。本来なら優雅に聞こえるはずのドアベルが、二回小さく粗野に響いた。そして、確かめるように奥のテーブル席へ足を運び二人の前で止めた。男は口を閉じ表情を引き締めて、女は小さく振り返り顔を上げた。

「桃子、お前……」

「あ、通……」

「お前ここで何やってんねん」

「あんたこそ、何でここにおるん？　今日は仕事ちゃう？」

「そんなことはどうでもええやろ。ところで、この男は誰やねん？　あっ、お前！」

通は次の言葉がすぐ出なかった。男は右手でサングラスを上げ頭にかけた。その顔にはっきりと見覚えがある。数時間前に、天国で熱い別離（わかれ）をした親友が目の前にいた。

「ケイゾウ……、どうしてここに？」

「ふーん、お前が甲斐性なしの旦那様か。せやけど、何で俺の名前知ってんねん。お前、下調べしてから来たやろ。やっぱり陰湿な奴やなー。せやから桃ちゃんに愛想尽かされたんやで。桃ちゃんはな、いじいじした冴えん男とはもう暮らされへん言うてんねん。明日は結婚十周年らしいな。別れるにはええタイミングちゃうか」

「桃子、ほんまか。お前は俺をずっと騙してたんか」

「もうやめてや、こんなとこで大声出して。明日にでも先のことは話せばええやん」

「今晩話しすればええやんか」

「いやや、こんな状態でまともな話なんかできへんやん。今日は帰らへんで」

「もうええわ。ほんなら明日や。明日は一人で帰って来いよ」

通はネネ・ディスティニーのドアを思い切り閉めて、あてもなく商店街を歩き始めた。午後六時の商店街には人が溢れていた。今日は土曜日、近隣に暮らす主婦や家族連れの買い物客に加え、大学生のグループもいくつか闊歩していた。いつもなら、泳ぐように人込みを通り抜けていくが、今日はそんな余裕はなかった。逆に、ぶつぶつ言いながら歩く通を周りの人たちが避けていた。

「こらっ、ちゃんと歩かんかい！」

どのくらい歩いただろうか。やがて通は、営業時間外の整骨院前で初めて人と肩が触れた。相手は四十代だろうか、どう見ても堅気の人ではなさそうだ。首筋には二匹の龍が蜷局（とぐろ）を巻いていた。すぐ後ろで煙草を咥えながら半笑いしている男も二人いる。通は一気に体温が下がり始め、背中に冷たいものが流れた気がした。

「おい、兄ちゃん。人にぶつかっといて黙って行くんか」

「あー、ごめんごめん、悪かった」

「何やその謝り方は。われちょっとこっち来んかい」

住道プリンス商店街にはたくさんの路地裏がある。閉店してほったらかしになっている廃屋みたいな店舗や、人の出入りがなさそうな倉庫がいくつもあった。通は肩が触れただけで激怒した男たちに、路地裏の奥にあるごみステーションに連れていかれた。

「兄ちゃん、ワシら忙しいねん。早よケリ付けよか。誠意見せたら許したるわ」

「せ、誠意って何ですか？」

「これや、これ。これに決まっとるやろ」

肩が触れた相手の男は、左手の親指と人差し指で輪っかを作り、通の胸を小突き始めた。後ろの二人も近づいてくる。一人は半笑いをしているが、もう一人の男は独り言を言いながらナイフを持っていた。

「いや、そんなお金はありません。ぶつかったんはお互い様じゃないですか。もう勘弁してくださいよ」

「何言うとん、あほんだら。われ誰にぶつかった思てんねん」

「パチスロでやられた腹いせや、ちょっとシバいたろか」

「よっしゃー」

通はすぐに三人から順番に殴られた。ここでようやく自分の置かれた状況が理解できた。いつもならぶつかったとしてもすぐに謝るのに、どうして今日は折れなかったのだろう？そうだ、これは桃子とケイゾウのせいだ。明日は桃子と大事な話をしなくてはいけない。こんなところでやられるわけにはいかない。よし、突破するぞ。

通はうずくまる振りをして逃げる機会を探した。三人は殴り疲れたのか、ぶつかった男ともう一人の男が煙草を吸い始めた。

よし、今だ。

通は残しておいた力を振り絞り、人通りのある方を目指し駆け出した。もう少し、あと少しで表通りに出られる。そこで叫べば誰か助けてくれるだろう。まだ人が多く行き交う時間帯の商店街だ。必ず助けてくれるはずだ。だが、もう少しで抜けられると思った瞬間に、脇腹に冷たいものを感じた。鈍い光を放つものが刺さっている。

やっぱりこいつか。通は独り言を言いながらナイフを持っていた男に刺された。しかもこの男は、半笑いしながら意味不明な言葉をまくし立てていた。

もしかして、翌日曜日の商店街で刃物を振り回し、明日の僕を刺した男かもしれない。なんてこった。そうだとしたら、僕は同じ男に二度もやられたのか。徐々に意識が遠のいていく。程なくして、いくつものサイレンの音が遠くから聞こえてきた。だが音は次第に小さくなり、やがて何も聞こえなくなった。

住道プリンス商店街殺人事件の歴史は一日ずれた。

「おはよう、トオル」

「あ、ここは……？」

「天国よ。お帰り、トオル。早かったね」

「待っていてくれてありがとう。それよりマナミ。前にさ、地獄はどこにあるのかなって話したこと覚えてる？　あのことが分かったよ。そして、僕がどうしても知りたかったことも分かったよ」

「え、どういうこと？」

「僕らがイメージしている地獄なんてものはありゃしない。天国に来るまで暮らしていた、元の世界こそが地獄だ。もちろん、幸せに暮らしている人はいっぱいいるよ。でもね、それは全部見せかけだ。表裏、いや裏表の上に全てが成り立っている。みんな上っ面は笑っているけど、笑顔の奥には悪魔が潜んでいる。僕はもう戻らない。元の世界なんて二度と行きたくない。マナミ、ここでこのままずっと一緒に暮らそう。永遠に二人でいよう」

「一体何を見てきたの？　トオル、辛かったんだね。でも、もう大丈夫だよ」

マナミはトオルの目を見て、何度も頷いて話を聞いた。

「あ、そうだ。マナミ、ケイゾウは今どこにいる？」

「どうしたの？　ケイゾウさんなら河川敷にいるんじゃない」

「そうだな、よし、ちょっと行ってくる」

「え、私も行く」

二人は走って河川敷へ向かった。ケイゾウを探さなければ。ケイゾウに会って真実を確かめなければ。探せ、ケイゾウを探すんだ。

トオルとマナミが息を切らせながら河川敷に着くと、ケイゾウはキンコリとベンチに座っていた。トオルは一目散に土手を駆け下りて、ケイゾウの前に仁王立ちした。

「よっ、トオル。やっぱりすぐにここへ来たか。それにしても、お前はドジだなぁ」

「ケイゾウ、どういうことだ？　しかも、何でそんなこと言う？　僕は、いや、俺はな、元の世界で見たんだ。お前と桃子の関係を知ったんだよ。何で俺を元の世界に戻そうと勧めたんだよ。桃子との関係がバレるのを承知でクイズに出ろって言ったのか？　それとも、俺に天国から消えてほしかったのか？　どうなんだ。全部素直に答えろ。早く言えよ。さぁ、早く言え」

「おいトオル、少し落ち着け。そんなに興奮するなよ」

トオルが罵声を浴びせると、ケイゾウはベンチに座ったまま煙草を二本取り出した。

「おい、ケイゾウ。お前何やってんだよ。天国は禁煙だろ」

「やっぱり何も知らないんだな。まー、とにかく落ち着け。ふっ、先ずは質問から答えてやるか。先ず、お前が元の世界でしてきたことは、天使のエリーから逐一聞いていたのさ。とにかく、俺はお前が邪魔だった。天国でトオルを見て、早く元の世界に戻さなきゃ、ってずっと思っていたのさ。ついこの前までは、元の世界から天国に来ると、ウエルカム記憶リセット効果で嫌な記憶は曖昧になって、楽しい思い出ばかりが強調されて脳裏に残る。天国で争いごとをさせないために考えられた、天使たちの素晴らしいアイデアだった。だからトオルは俺のことを忘れても、俺はトオルのことを覚えていたのさ。でもな、人の記憶をいつまでも捻じ曲げてはいられない。いつかは全ての記憶が甦る時が来る。それは、天国で穏やかな生活に慣れ親しみ、人格が完成され辛い事実を受け入れ許せるようになると記憶が元に戻る。その時にはもう怒りや憎しみは消えてなくなり、いつでも生まれ変われる状態になるのさ。でもな、トオルが元の世界に行ってる間に天国のルールが大きく変わったんだよね。残念だけど、ウエルカム記憶リセット効果も廃止されちゃったしな」

「そういえば、前にポンタさんも同じようなこと言っていたよな……」

「何しんみりしているんだよ、バーカ」

ケイゾウは、煙草の煙をトオルに向けて大きく吐いた。

「うわっ、この野郎、何するんだ。とりあえず、お前は親友面しながら俺を騙していたんだから謝れ。早く頭下げろ」

「はっはっは、勘違いするなよ。お前を親友だなんて思ったことは一度もねーよ。ただの暇つぶしの話し相手じゃねーか」

「くそっ、お前は腐ってる。それに、俺は元の世界に一日もいなかったんだぞ。そんな短い時間でどうして大きく変われるんだよ？」

「天国と元の世界では時間の進み方が違うんだよ。トオル、教えてやるよ。天使リーダーがノボルからレンタロウに代わって、天国のルールが緩くなったんだよ。男女間のルールも曖昧になって、浮気や不倫も疚（やま）しいことじゃない。ただ、ここは天国だから暴力や殺人なんてのはご法度だぜ。もし仮に、トオルが誰かに騙されたとしても、相手を恨まず素直にあきらめて、我慢するしかないんだよ」

「それじゃ元の世界と変わらないじゃないか。天国ってそんな場所だったのか？　もっと崇高なところじゃなかったのか？　とにかくどうであれ、俺はお前を許さない」

「トオル言っておくけどな、ここで暴れたら独房に入れられるぞ。あ、そうだ。独房で一つ思い出した。クイズ司会者のポンタと番組ディレクターが強制労働させられることになったってさ。とんでもない失敗をした罪だってよ」

　トオルは慌てふためいていた番組ディレクターと、エンジェル放送の地下で見た、床にひざまずくポンタの姿を思い出した。

「もしかして、番組ディレクターはウエルカム記憶リセットを上手く作動させなかったからか？　それよりも、ポンタさんが強制労働だなんて……。俺は秘密を守ったのに、誰が密告したんだ？」

「トオル、最後にもう一ついいこと教えてやるよ。お前これで天国は二回目だろ。レンタロウが作った新しいルールだと、生まれ変わって天国に五回来たら天使になれるってさ。そしたら、いつでも好きな時に天国と元の世界を行き来できるぞ。それに、透明になって何処にだって瞬間移動もできる。だから、あと三回元の世界に行って死んでこいよ。普通は二百五十年以上かかるけどな。はっはっは」

トオルは、豪傑笑いをするケイゾウの前に力なく座り込んだ。やがて、ケイゾウがおもむろに立ち上がり、八頭身のキンコリと川縁を歩き始める姿が見えた。しかも、ケイゾウを挟んで右側がキンコリで、左側には何と、マナミが寄り添っている。そして、マナミがケイゾウと手を繋ぎながら振り返った。

「マナミ、まさか……」

「トオル、私はスレンダーなキンコリちゃんと、ダンディなケイゾウさんと一緒に暮らすことにしたの。天国のルールが変わって、同性婚と一夫多妻が公に認められたタイミングで二人から誘われたんだよ。三人で楽しく暮らさないかって。ごめんな。だって、俺はトオルの理想じゃないだろ。本当は、桃子さんみたいな艶っぽい女性がタイプなんだろ。でも大丈夫。トオルなら、きっとすぐにいい相手が見つかるよ。頑張れー、ファイト！」

「僕は約束を守った。マナミが男だということも天国で誰にも言わず、必死で守ったじゃないか。でも、マナミは約束を破った。それってＧＴＨじゃないのか？」

「ふふっ、俺のＧＴＨはゴー・トゥー・ヘヴンなんだよ。じゃあな、あばよぉ」

トオルはしばらくの間立ち上がれなかった。やがて、うな垂れていたトオルの首筋に冷たいものが数滴落ちてきた。

「雨か……。天国のルールが変わったから、昼も雨が降るのか」

言いながら顔を上げると、トオルの頭上を三羽の小鳥がさえずりながら舞っていた。以前この場所で見た、番いの小鳥たちも一夫多妻になったのか。愉しそうに円を描いている。しばらく眺めていると、小鳥のお尻から黄色い液体が落ちてきた。

おしっこかよ。

了

曽根崎番外地

大阪は今日も、凄まじいエネルギーに満ち溢れていた。三寒四温に戸惑うことなく、西日本最大の都市は常に大きく動いている。キタの繁華街曽根崎も、地元のみならず観光客や出張ビジネスマンによって、毎夜エネルギーの放電と充電が繰り返されていた。

「最近さー、ちゃぼの客層変わったよねー」

「そりゃあそうだよ。グループのオーナーからのれん分けしてもらった以上は、もう店は滋マスターのカラーを出すのが当たり前だろ」

「いや、そうじゃなくて。相変わらず上品なお客様は多いけど、年初にキャバクラから胡桃(くるみ)ちゃんがスタッフとして入ってからの話だよ。わざわざミナミからご贔屓様が毎週来ているじゃないか。髭面に金ぴかのネックレスやリングはめて、スタッフのお尻をすぐに触ってくるおっちゃんばかり。金払いはいいけど、店の雰囲気にはちょっと合わないよねー。マスターはどう思っているのかな?」

「売り上げは上がるけど、常連さんが離れていかないか心配してるんじゃない?」

「だったら、マスターは胡桃ちゃんにも少し言わなきゃ。胡桃ちゃんにはいつもにこにこしているだけじゃないか。マスターって人当たりはいいけど、ちょっと頼りないところあるからねー。っていうか、この業界の人っていうより、学校の先生みたいな雰囲気だよね」

「いや、先生というよりも、あの人に似ているんだよ。えーっと、誰だっけ？　あー、出てこないや。昔さ、同じような顔した双子のマラソン選手がいただろ」

「そうそう、確かに似てるね。えー、僕も出てこないや。眼鏡の人だろ」

閉店後のスナックで、カラオケマイクのマー君とコースターのコウちゃんが、店の客層を分析していた。共に最近は乱暴に扱われることが多く、疲れが表情に出ていた。

「あなたたちは大変ね。私のこのスリムボディはお客様に一切触らせないからいいけど、マー君はいつも唾だらけになるし、コウちゃんはびしょ濡れになっているもんね」

「あっ、マー姉さんそこにいたの？　体のあちこちが痛いから気が付かなかったよ」

「今日のマー君はマイクの奪い合いがあったから痛かったでしょ。コウちゃんは何度もグラスでたたきつけられて大変だったよね」

「マー姉さんも見てた？　どうしてあんなに強くグラスを置くのかな？　常連さんだったらもっと静かに置くし、たまにはハンカチやおしぼりで拭いてくれるからね」

「本当そうだよ。今日のお客さんは特に酷かったんじゃない？　どうして歌い終わったらマイクを放り投げるの？　何でデュエットを歌う人へコースターを投げつけるの？　理解できないよ」

ちゃぼで一番お喋りなマドラーのマー姉さんが、三回転ルッツを披露しながら会話に入ってきた。すると、アイスペールとカクテルグラスが寄ってきた。

「私たちはスタッフにしか触られないからいいけど、マー君やコウちゃん、それにようじ君や割ばっしーたちは毎日ご苦労さま。でもね、売り上げのためだから頑張ってね」

「うん、我慢するよ。でもね、胡桃ちゃんが連れてくるお客様の息は臭いんだよ。アルコールと煙草は慣れっこだけど、何だか口の中が粘々しているんだよ」

「ようじ君、それくらいだったらまだましだよ。僕の仲間なんてもっとひどい扱い受けているからね。今日なんて、二回も真っ二つにされたんだよ。もう見ていられなかったよ」

使い捨ての爪楊枝と、割り箸リーダーの大きなため息が止まらない。小道具たちは、お客様に触れられる物とスタッフにしか触れられない物に分かれていた。お客様に触れられる物の多くは短命だった。

「でも、お客様が来ないよりは全然いいから、マスターも胡桃ちゃんには強く言えないよ。だから威張るよねー」

「まー、威張るのはいいけど、最近は派閥作って陰湿な嫌がらせもやっているらしいね」

「派閥？　店には六人しか女の子いないのに、どんな組み合わせになってるの？」

「ふー子とアユミが、胡桃ちゃんにべったり付いちゃったの。まるで子分ね。あの激しい気性の胡桃ちゃんには逆らえないって感じね」

「あとの三人はどうなの？」

「マヨとハルカは中立派かな。胡桃ちゃんとは付かず離れずの付き合いで、仲は悪くないみたい。問題は、典子ちゃんなの」

「へー、僕たちにも優しい典子ちゃんがどうしたの？　もしかして胡桃ちゃんと？」

　徐々に声高になっていた割ばっしーに向かって、マー姉さんが右手の人差し指を口に当てて周りを見渡した。

「典子ちゃんがスタッフの中心なのは、誰が見ても明らかでしょ。ほとんどの常連さんに評判いいし、マスターからは信頼されているじゃない。今ではスタッフのシフト管理までして、ちゃぼに欠かせない存在になっているからね」

「もしかして、胡桃ちゃんはそれが気に入らないのかな」

「たぶんそうよ。胡桃ちゃんが典子ちゃんをターゲットにし始めたのは、シフト管理のことじゃない？　マスターが曜日ごとに勤務メンバー数を典子ちゃんに伝えて、勤務調整をしていたでしょ。胡桃ちゃんが気に入らなかった理由の一つだと思うわ」

「うん、間違いないね。胡桃ちゃんの気性だったら十分あり得るよ」

「それはひどい。マスターは知っているのかな」

「それは分からないわ。まだ新米マスターだから、全体がよく見えていないのよ。店の経営のことで頭いっぱいだし、経験が浅いから何か足りないのよねー」

「そうだね。マスターは何かが抜けている気がするよ。それよりも、胡桃ちゃんの嫌がらせを止めなきゃ」

「そうだ、そうだ、僕たちが典子ちゃんを助けてあげよう」

人間が誰一人いない丑三つ時のカウンターに、ちゃぼの小道具たちが数名集まっていた。店の明りは全て消えていたが、出入り口上にある緑色のライトだけが、小道具たちを仄かに照らしていた。

「みんなやる気満々ね。でも、どうやって典子ちゃんを助けるの？　誰かいじめをやめさせられる？　あの胡桃ちゃんは普通じゃないよ。人一倍執念深くて、誰よりも我儘な女だよ。まともに張り合っても駄目よ」

「そうだよねー。胡桃ちゃんは一筋縄でいきそうにないかもね」

「でもさ、今までの話は全部推測だろ？　実際に典子ちゃんが胡桃ちゃんにいじめられている証拠はあるの？　そこを確認しないと助けられないじゃないか」

それまで黙って聞いていた、マラカス大将が今日初めて口を開いた。他の小道具と違い、口を開くと人一倍うるさいから発言しなかったのだろう。

「それは確かに言えるよね。ねぇ、誰か知ってる？　典子ちゃんと胡桃ちゃんのこと知ってる人はいないの？」

「それだったら、僕は見たよ」

「あれっ、ジャッポ兄さんいたの？　胡桃ちゃんと一緒じゃないの？」

小道具たちの集まり最後方で隠れるように話を聞いていた、分厚いステンレスでできたシルバーの男性用ライターが手を挙げた。

「今の僕は、シゲちゃんが店に来た時だけ胡桃ちゃんの傍にいられるけど、普段はほったらかしにされているんだ」

「ジャッポ兄さんって、最近一番賑やかなお客様から、胡桃ちゃんへプレゼントされてここに来たんだよね」

「そうだよ。でも、どうして僕みたいな厳ついライターを女性にプレゼントするのかな？　さすがに胡桃ちゃんも首をかしげていたよ」

「ライターも大変だね。最近は煙草の値段が上がりっぱなしで、仲間が少なくなっているもんね。で、さっきの話、胡桃ちゃんがやったいじめのこと教えてよ」

「うん、いいよ。僕はもう胡桃ちゃんに愛されていないから、何でも話すよ。でも、あれはいじめというよりも、陰湿な嫌がらせって言った方がしっくりくるけどね……」

ジャポッ!
ジャッポ兄さんが自ら炎を灯し、淡々と二月十四日の出来事を振り返った。

「さー、今日はバレンタインやから目一杯盛り上げてやー。中身は大したことないけどな、ラッピングだけは派手なチョコもぎょうさんあるでー。見た目はバラバラやさかい、みんな上手いこと渡してな。このチョコは貴方だけの特別なプレゼントなのよ!って言うて渡したってな。オンリーユーとアイラブユーやで。そしたらな、三月十四日も絶対来てくれるはずやから」

「はーい、マスター」

今日は接客を伴う飲食店にとって書き入れ時の、聖バレンタインデーだ。例年この日ばかりは曜日なんて関係ないが、今年は返しのホワイトデー共々週末だ。

「ふー子とアユミ、今日は胡桃の客がぎょうさん来るからヘルプしてな。マヨとハルカも胡桃の客まわすから助けたってな。シゲちゃんが新しい客連れてくる言うとったから、来たら頼むな。シゲちゃんの連れは太い客多いから楽しみやでー。一緒に歌ったらチップくれるし、チーク踊ったら何か買うてくれるかもやで。試しにいっぺん、あっけらかんと言うてみ。間違ても、こっそり言うたらあかんで。耳元で言うたら鼻の下とおちんちん伸ばしてくるけど、みんなの前やったら見栄張って奮発してくれるはずやから」

「はーい、胡桃ちゃん。いつもありがとう」

「胡桃ちゃん、何でも気が付いたら言うてな。うちら上手にやるから」

「いや、こっちこそやわ。みんなおらんかったら今日は捌かれへんからなー。ほんなら胡桃は営業のメッセージ送ってくるわ」

胡桃にべったりくっ付いているふー子とアユミ、普段はつかず離れずにお付き合いしているマヨとハルカたちに笑顔を送り、胡桃は典子には目もくれずにトイレに籠った。取り残された典子は、他の四人とも目を合わせづらくなっていた。


「おーい、胡桃ちゃん約束や。来たでー」

「シゲちゃーん、約束守ってくれてありがとう。胡桃めっちゃ嬉しいわ」

「胡桃ちゃん、今日は新しい客連れてきたでー。いつも世話になっとる伊東はんと河島ちゃんや。ワイ以上に羽振りのええ奴やさかい、しっかり持成(もてな)してやってや」

「はーい、シゲちゃん。ほんまありがとう」

開店早々に入店したのは、キャバクラ嬢だった胡桃の客で、今ちゃぼに一番お金を落としている雑貨卸業社長の重永だった。今日は真新しいスーツと金色に輝く小物を身に纏い来ていた。そして、連れの二人も負けていないファッションで決めていた。

「さー、みんなもこっちおいで。さーさー、伊東さんと河島さんの横にも入ったってや」

「はーい、ようこそいらっしゃいませー。宜しくお願いしまーす」

「いやーたまらんなー。新地のクラブに来たみたいや。よっしゃ、今日はとことん飲んで、なんぼでも触ったるでー」

「きゃははは、もうシゲちゃんったら。今夜も絶好調やん。ほな、みんなも何か頂こか。うちらも何か貰てええ？」

「おー、ピンドンでもチンドンでも持ってこいやー」

「はーい、ありがとう。ねぇー、典子ちゃん。ウーロンハイ五つ早よ持ってきてー」

胡桃は自分のテーブルに典子だけ呼ばず、そればかりか、店の先輩である典子をボーイのごとく扱い始めた。最近は空気のように無視していたはずなのに、自分の常連客が来た途端に力の差を見せつけ始めた。ちゃぼでは個人の成績やノルマは課されていないが、自分の意見を通すために贔屓の客がたくさん来るに越したことはない。

「ところでなー、胡桃ちゃん。カウンターにいてる娘は誰なん？　自分らも別嬪やけど、あの娘もイケてんなー。後でちょっと呼んでや」

「シゲちゃん、あかんあかん、あかんで。大きな声では言われへんけどな、あの娘は何もオモロないで。ちょっと肩触っただけで怒るし、下ネタ言うたら眉間に皺寄せる偏屈者やで。でもな、根はむっつりさんなんやねん」

「ほんまか、ワイには合わへんなー。せやけど、むっつり助平の伊東はんとは相性ええんちゃうか。がははははー」

「はははー」

胡桃は重永たちにだけ聞こえるように、カウンターで接客をしている典子を貶した。キャラクターを捏造して、嘘八百をまくしたてた。典子には下衆な笑い声しか聞こえていない。胡桃は振り返ることなく、ハンカチを口に当てながら続けた。胡桃は二時間以上あった接客中の大半を、典子の話で引っ張り笑いを誘った。


「胡桃ちゃん、ちょっとええ？」

「何？　何やの、どないしたん？　典子ちゃん」

「今日な、ボックス席のお客さんに何か言わへんかった？」

「何かって何やねん？　典子ちゃんのことなんか何も言うてないで」

「嘘ついてもあかん。今日な、帰り際にえらいこと言われたでー」

「何て言われたん？」

「重永さんの連れで、背高て八重歯が目立つ人おったやん。あの人からな『今度二人でご飯行こか。連絡先と、これ先に渡しとくわ』って言われて、こんなもん渡されたで」

「ぷっ、ははは」

閉店後に典子が胡桃に見せたものは、一万円を無造作にちぎったものだった。割合にすると三割くらいだろうか。これだけでは銀行で交換してくれないが、残りのお札と合わせると一万円になる本物の紙幣だ。

「胡桃ちゃん、何笑(わろ)てんの？　あんた、ええ加減にしいや。あの八重歯の人に何か言うたやろ。諭吉渡したらエッチさせるとか言うてへんか。前も似たようなことあったやんか。さー、白状しい」

「八重歯の人って伊東さんやな。そんなん言うてないわ。証拠はあるん？　典子、推測だけでいちゃもん付けたらアカンわ。それよりもな、今日シゲちゃんの席で頼んだファーストドリンクのウーロンハイな、胡桃のだけめっちゃ濃かったで。あれ嫌がらせか？　あんな早い時間に濃いもん作ったらアカンわ。つぶれてまうやろ！　客は分からへんのやからウーロン茶だけ入れとったらええねん。この業界何年やってるん？　犯罪擦れ擦れやんか」

「犯罪はそっちやんか。それと、何でうちのこと呼び捨てやねん。あんた年下で後輩やろ、ほんまええ加減にしいや。場所変えてちゃんと話しよか」

「いつでもええけどな、これからアフターあんねん。時間と場所はまた連絡するわ」

胡桃は典子に言い残し、ふー子とアユミを後ろに従え出ていった。マヨとハルカは、黙々とボックス席の後片付けをし始めた。典子は胡桃たちが出ていくのを見届けると、ハンカチを口に当てて小走りでお手洗いに向かった。


「あれ？　ジャッポ兄さんは胡桃ちゃんと一緒だったんじゃないの？」

「いや、あの日のアフターはシゲちゃんじゃなくて、別のお客様だったんだ。だから、僕はカウンターに置いていかれたのさ」

「それで、典子ちゃんがお手洗いに籠ったのを見ていたってことね。気丈な典子ちゃんもさすがに悔しかったのかしら。胡桃ちゃんが来るまでふー子とアユミとも仲良かったし、マヨとハルカとはよく一緒にお茶してたのにね」

「典子ちゃんが朗らかなスタッフの中心にいるのを感じたから、胡桃ちゃんが全部ぶち壊し、ひっくり返そうとしているのは間違いないね」

「どうしてそんなことするのかな？」

「そうだ、そうだ」

マー姉さんとジャッポ兄さんの会話にマー君やコウちゃんたちも入り、店の小道具たちが全員揃った。久しぶりの、ちゃぼオールスターズだ。

「それでさ、さっきの話なんだけど、胡桃ちゃんは八重歯の人に何を言っていたの？」

「一万円の切れ端みたいなものを、典子ちゃんに渡す意味が分かんないよ」

チェリーボーイのコウちゃんと領収書が、手を広げながら首をかしげていた。カクテルグラスとマラカスが、小さく笑いながら顔を見合わせた。

「あなたたちは、相変わらず何も知らないんだねー。お札は三分の二以上ないと、銀行で新しいものに変えてくれないんだよ。それを少しだけ渡すってことは、もう一度会おう！って意味なんだ。地方の観光地で、土産物屋が添乗員や運転手に渡したって話も聞いたこともある、確実な再会の手段なんだ。要は、次に会ったら残りを渡すから必ず来てね、必ず会おうよ、ってことなんだ」

「へー、お札を破るなんて。罰が当たりそうで僕は怖いよ」

領収書が両手を広げた。

「今回の場合は、胡桃ちゃんが八重歯の人に言ったんだ。典子ちゃんに一万円の切れ端を渡して受け取ったら、必ず外で会えるよ！って嘘を吹き込んだのさ」

「なるほど、それで典子ちゃんにお札の切れ端を渡したってことか」

「胡桃ちゃんもよくそんな出鱈目考えたもんだ。悪質でやり方が常軌を逸しているよ。あんぽんたんのふー子とアユミは仕方ないとしても、まともなマヨとハルカは助けてくれないの？」

「常識があるから見て見ぬふりをしているのさ。あの狂気じみた胡桃ちゃんに盾突いたら、今度は自分が標的になってしまうからね。その気持ちはよく分かるよ。でも、あんぽんたんの二人みたいに服従していないから全然ましだよ」

「そうだね、胡桃ちゃんを敵に回すことなんてできないもん。それに男と違って、女が五人いたら三対二とか二対三にはならず、必ず四対一になるからねー」

「それで、二人はどこで会って話を付けるのかしら？　誰か知ってる人いる？」

　短い沈黙の後、レジの横から低い声がした。

「マー姉さん。僕知ってるよ」

「あ、タブおじさん。さすが情報通ね。あっ、もしかして……」

「そう、僕は胡桃ちゃんのスマホとはいつでも連絡が取れるからね。っていうか、知りたいことを勝手に盗んでいるだけなんだけど。でもマー姉さん、胡桃ちゃんのスマホには言っちゃ駄目だよ。今回は僕にも優しい典子ちゃんを助けるためだからね」

「タブおじさん、分かっているわ。ねぇ、約束は守るからもっと詳しく教えてくれない？」

　店で食材や金銭管理の他、顧客への情報発信にも使っている最新型のタブレット端末が会話に参加し始めた。お家芸の情報通を駆使して、胡桃愛用のスマートフォンから盗んだ情報を話し始めた。

二月十六日日曜日午前四時四十五分
（一昨日のことやけど、今日の午後六時に梅地下のサクラソウ広場でどう？）

（分かったわ）

胡桃と典子が交わしたトークに絵文字やスタンプはない。最小限の文字が打たれただけのやり取りだった。

午後六時十五分のサクラソウ広場。

典子はベンチに座らず、東梅田駅寄りに立つ石柱に寄りかかっていた。

午後六時二十分、胡桃はまだ来ない。メッセージでも来ていないかとスマートフォンをチェックするが連絡はない。向こうが指定した場所と時間だから、こちらから催促や確認のメッセージを送るつもりはない。もう十分待ってこなかったら帰ろう、と思ったその時だった。

「あのー、ノリコさんですか？」

「え、あ、はい。あ、いや、どちら様ですか？」

「いやー嬉しいな。思ていた以上の美人ちゃんでラーッキーポンやわ。時間もったいないから早よ行こ。もうお茶とかご飯はええやろ。兎我野にな、ええホテルあんねん。さー、行こか。今日はほんまツイとるわ」

「ちょっとちょっと、いきなり何やねん。人違いしてへん？　言うてる意味が分からへんわ。ホテル行こってどういうこと？　うちはノリコと違います」

「ほんなら、お姉ちゃん誰やねん？　名前は？」

「見ず知らずの人に名前は言いません。とにかく人違いですー」

「上はボーダーのシャツにベージュのジャケット、下は黒のジーンズで茶色いバッグいうたら自分しかおれへんや。もう、人違いかいな。お姉ちゃん紛らわしい格好したらあかんわー」

　胡桃を待ちくたびれかけた頃に、典子に声を掛けてきたのは清潔感がさほどない、四十代と思われるスーツ姿の知らない男性だった。男は舌打ちをしながら典子から去っていった。そしてすぐに、広場の周りを見渡し始めていた。

「こんばんはー。ノリコさんですよね」

「は？　違います。私はノリコじゃないです。私は……、何でもありません」

　今度は典子と同世代と思われる三十前後の男性が声を掛けてきた。もちろん相手にしなかったが、典子から男性が離れるとまた違う男性が声を掛けてくる！という不可解な現象が止まらなかった。

「ノリコさん、僕とお願いします」

「ワシは前金で倍出したるわ」

「俺は飯もご馳走するで。終わったらスッポンと鰻や。ほんでまた頑張るでー」

もうやめて！　典子はバッグの中から大きめのサングラスを取り出し、逃げるように広場から出ていった。突然の出来事に頭の中が混乱していたが、地下街の人混みを進んでいくうちに、一人の顔が浮かんできた。

「あの女に違いない」

典子はジェイアール大阪駅に近いところまで進み、徐々に周りが紳士や淑女ばかりになった辺りで足を止めた。そして白い円柱にもたれかかり、スマートフォンを開き文字を打ち始めた。

（胡桃ちゃん、あんたええ加減にしいや。今日は何で来ー(け)へんかったん？　どうして私のとこに変な男を集めたん？　あんたが何を企んで、何をしたんかもう分かってるんやで。すぐに返事しなさい！）

典子は殴るように文字を打ち、メッセージを送った。すぐに既読になり、しばらくしてスタンプが二つ送られてきた。軽く頭を下げるウサギと、腹を抱えて笑う宇宙人だった。次第に周囲の音は消え、モニター画面は濡れそぼっていった。


二月十八日火曜日午後六時五十分。

「あー、みんなにも言うとくわ。典子ちゃんがしばらく休みになるさかい、シフトは胡桃ちゃんに振り分けてもらうわ」

「はーい。でもマスター、何で典子ちゃん休むん？」

「詳しいことはよう聞いてへんけど、実家にしばらく帰らなあかん言うとったわ」

「そうなん。実家ってどこ？　大阪と違ったんや」

「今までよう知らんかったけど、北陸の海と湖に囲まれたとこらしいで。確か吉崎言うとったかな？　福井県と石川県の境目辺りみたいやで」

開店前に行われるマスターの朝礼が終わるとすぐに、胡桃がふー子とアユミをアイコンタクトで化粧室に誘った。

「二人ともええか、マスターにはあのこと絶対言うたらアカンで」

「でも胡桃ちゃん、ちょっとやり過ぎたんちゃう？」

「何やねん、ふー子。あんた、まさかチクるんか」

「マスターには言わへんけど、典子ちゃんには早よ謝った方がええんちゃう？」

「何言うてんねん。謝るいうことは、やったことを認めるいうことやで。そんなんできるかいな。もう終わったことや。情報サイトの五十三チャンネルなんて毎日腐るくらい投稿があるんやで。ほとんどが出会い系のガセネタやん。一週間もしたら典子のことなんか消えとるわ」

「でもな、写真載せたんはまずかったんちゃう？　待ち合わせ場所の写真アップして、『今から遊べる人、二時間イチゴで』っていうんはさすがにヤバかったで。向かいの店から見てたら、次から次へと男来とったやんか」

「アユミまでそんなこと言うん。せやけど、自分らも同罪やで。アップしたんはアユミやし、二時間イチゴのフレーズ考えたんはふー子やんか。胡桃は言い出しただけやん。もう、二人ともいい加減にしいや。ちょっと煙草吸ってくるわ」

　胡桃が先に化粧室から出ると、二人は奥へと移動した。

「アユミ、典子ちゃんの実家の吉崎ってどんなとこか知ってる？」

「いや、知らんわ。初めて聞く地名やもん」

「うちな、実はネットで少し調べてん。そしたらな、薄気味悪い昔話があるんやて。嫁威しの伝説とか書いとったわ」

「嫁おどし？　誰がどこの嫁を威すん？」

「姑が嫁を威したら罰が当たって、大変なことになったいう話やねん。典子ちゃん、うちら三人を恨んで呪いでもかけに帰ったんちゃうか。うー、さぶ」

「五十三チャンネルのでっち上げは酷かったもんなー。もしかして、丑の刻参りでもやってるんちゃう？　アユミもさぶなってきたわ」

ふー子とアユミは手を取り合いながら鳥肌を立て始めた。すると、胡桃が勢いよくドアを開け戻ってきた。

「あ、それとな、典子いつ戻るか分からへんから、ちゃぼの新しいグループＬＩＮＥ作ったで。今までのは典子だけ残して、あとは全員削除したわ」

「ってことは、前のグループＬＩＮＥは典子ちゃん一人ってこと？」

「そうやで、オモロイやろ。典子戻ってきたらどんな顔するやろ。今までシフト管理いうて、自分の都合のいい勤務割りを決めてたから罰が当たったんや。さー、ほんなら今日も三人で楽しくやろかー」

豆粒みたいな目をアイシャドーで何倍にも大きくした胡桃と、膨らんだ顔をチークで小さくしたふー子。そして、両頬にファンデーションを厚塗りしたアユミの三人は、今日も念入りに顔を作った。やがて化粧室の大きな鏡は、三人の卑しい熱気ですぐに湿り始めた。

「あの三人はなんて酷いことしたんだよ。典子ちゃんの決めるシフトって、いつも自分のことは後回しにしていたんじゃないの？　胡桃ちゃんはともかく、ふー子とアユミは典子ちゃんにいつも助けられていたんじゃないの？　シフトで冷遇されていたことなんてないよね。恩を仇で返すってこのことじゃないか」

「三人とも同罪だけど、やっぱり元凶は胡桃ちゃんだね。このままだったら典子ちゃんが可哀そうすぎるよ」

「そうだ、そうだ。胡桃をぎゃふんと言わせよう。なー、みんな！」

マー君がエコーを効かせ気勢を上げ、ようじ君と割りばっしーが拳を挙げた。マラカスとタンバリンは、体を左右に振りリズムを取り始めた。

「でもみんな、よく考えて。私たち小道具に何ができる？　人間に制裁なんてできないわ。まして、相手はあの胡桃ちゃんよ。どうやって懲らしめるの？」

「まー、確かにそれは言える」

「やっぱり強力な助っ人がいないと難しいかも」

「困ったなぁ」

冷静なマー姉さんの一言で、解決策が見いだせない小道具たちは口をつぐんだ。重い空気が流れ始めた頃、タブおじさんが集まりの真ん中にやってきた。

「僕がやるよ。超法規的なやり方になるけど、ここは僕に任せて」

「さすが、タブおじさん。でも、どうやって？」

「やられたらやり返す。同じことをするのさ。色んな嫌がらせがあったけど、一番酷かったのは五十三チャンネルだろ。だから、それでやり返すんだ」

「どうやってお返しするの」

「五十三チャンネルで同じように胡桃ちゃんの援助交際募集をばらまく。もっと手っ取り早くやるなら、プチ援とかフェラ友でもいいよ。曽根崎中の助平な男を集めるんだ。これでどうだい？」

「ナイス！　最高のリベンジだよ。タブおじさん、すぐやろうよ」

「おー、そうだ。今すぐやろう」

「ちょっと待って。今は昔と違って、発信元なんてすぐ分かっちゃうじゃない。ちゃぼが所有している端末から送ったってすぐに分かるのよ。典子ちゃんと違って、胡桃ちゃんだったらすぐ調べるはずよ」

　有事になればなるほど冷静になる、マー姉さんの言葉で場が静かになった。反論するものは誰もいない。間違いない正論だった。

「だったらどうするの、マー姉さん。指を咥えて見ているの？」

「そうだよ。このままだったら、典子ちゃんもう曽根崎へ戻ってこないかもよ」

「田舎でのんびりしてたら、もうどうでもいいって思うかもね」

「あ、そうだ。典子ちゃんの実家って嫁威しの伝説があるところだろ。もしかして、何か奇々怪々なことがあるかも……」

「もう、みんな落ち着いてよ。マイナス思考にならないで。もっと現実的な解決法を考えようよ」

「よし、やっぱり僕がやる。成功する確率は低いけど、頑張ってみるよ」

妙案が見いだせない烏合の衆になっていた中、最後はタブおじさんが僅かな光明が見える解決方法を披露し始めた。

「ふむふむ。なるほどねー」

「んーでも、そんな方法で上手くいくかな」

「とにかくやってみようよ。っていうか、タブおじさんたちに何とか頑張ってもらおうよ。もうこれしか方法がないんだから」

「そうよ、あとは祈るだけ。さぁ、みんなもうお開きにしましょう」

マー姉さんが発した甲高い声で、典子を助けるための作戦会議は終わった。すでに立春は過ぎているが、夜明け前の曽根崎には通用しない。窓ガラスは一つ残らず、カーテンが張り付くくらい濡れていた。

二月二十九日土曜日午後八時五分

「胡桃、ちょっとええか。お前なぁ、ええ加減にせぃよ。何やねん、伊東はんや河島ちゃんに送ったあのメッセージは。何やて、ワイが能天気な金蔓みたいなこと書いとったな。まさか本心ちゃうやろな。さぁどないや」

「こっちもや。シゲちゃんに送ったワシの悪口は何やねん。脂ぎった顔にドラキュラみたいな歯して気色悪いわー。昔は男前やったかも知らんけど、今は品のないおっちゃんやんか。金さえ出せば女口説けるんは昭和の飲み屋や。今は金だけやないで、おっちゃんでも清潔感なかったら玄関払いや。ちゃんちゃら可笑しいわ！って何やねん、こらー」

満席の店内で怒声が響いた。声の主は胡桃がミナミのキャバクラ嬢だった頃の上客で、曽根崎に移ってからも足繁く通ってくれる重永たちだった。

「えー、ごめんなさい。そんなつもりは全然ないねんけど、何かの間違いで送ってしもたみたいやねん。胡桃な、エイプリルフールに向けてジョーク考えとってん。それをな、酔っ払って送ってしもたみたいやねん。気付いてすぐに送信取り消ししよう思たけど、もう既読になっとったから消されへんかってん」

「あほか、お前。いくらエイプリルフールでもやな、書いていいこととアカンことあるやろ」

「せや、思い付きで言うのもたいがいにしいや。化粧で豆粒みたいな目大きして、洗濯板みたいな胸をパッドで盛ってるバッタもんが」

「ごめんなさい。ほんま、ごめんなさい」

「もうええわ。おーい、マスター。この女おったらワイらはもう二度と来ぇへんで。ワイらはガラ悪い客やさかい、店は喜ぶかもしれんけどな」

「いやいや。そんなことありませんよ。ほんまは人情味溢れる人やいうのはよう分かってますから。もう胡桃（この娘）は席に付けませんから、今後もお願いします」

「当たり前や。でもな、胡桃と同じ空気吸うとったら気分悪いわ。ワイが来る日はずっと便所掃除でもさせとってな。あ、それからふー子とアユミ、お前らもや。ワイに来たＬＩＮＥに書いとったでー。息が臭いやらケツ触りまくるとか、気色悪い客や言うとったやろ」

「せや、こっちにも似たようなこと書いとったわ。せやけど、お前らこそ何やんねん。ふやけた餅みたいなんと、塗り壁みたいな頬っぺたのネエちゃんもいらんわ。お前らは外でビラでも配ってきい。カクテルなんぞ飲む身分ちゃうで。三百年早いわ」

「まーまーまー、私からもよう言うときますから、今日はこの辺で一つ勘弁してもらえませんか。もう失礼なことはさせませんから」

マスターが何度も頭を下げたおかげで、ようやく席が落ち着き始めた。マスターのアイコンタクトでふー子とアユミは席を外したが、胡桃だけは席に残った。

「今回のことはマスターの顔立てて、もうこの辺でやめとくわ。ワイらはな、見た目はこない感じやから煙たがられるけど、ホンマはええ客なんやで」

「ガハハハー。シゲちゃん、何言うとん。自分のこと持ち上げてどないすんねん。ワシの八重歯が出っぱなしになるやんか。見てみぃ。マスターもどないしたらええか分からへん顔してるやん。笑うに笑われへんやんな」

「いやいやいや、まぁとにかく、またこれからも、宜しゅうお願いします」

「あぁ、もちろんや。ワイらはマスターの人柄も気に入っとるから来とるんやで。あ、それとな、今度来たらあっちのボックスにいる二人を席に付けてな。それとな、カウンターの娘には詫びなあかんし」

伊東は三割欠けている一万円札をポケットから取り出して、カウンターで接客中の典子に軽く頭を下げた。隣のボックス席にいたマヨとハルカには、大きな投げキッスをした。

「ほなマスター、もう帰るわ。今日は散々デカい声出してごめんや。次からは大人しゅーして飲むさかい、また店に入れたってな。出禁にはせんといてや」

「もちろんでっせ。ほな、またお待ちしておりますよ」

間もなく重永たちは、典子に大きく手を振りエレベーターで階下へ降りた。


「胡桃、ちょっとええか」

「うちらも話あんねん」

本日最後のお客様を見送った後に、ふー子とアユミが胡桃をエレベーター横の喫煙所に呼び出した。胡桃は下を向いたまま後についていった。

「胡桃、うちらにもえげつないLINE送ったやろ。あれもエイプリルフールの練習なん？アユミとは昼過ぎから連絡取ってたんやけど、どういうつもりやねん？　何であんたに容姿のこと言われなあかんの？」

「胡桃、あんたまさか、自分のこと美人や思てるんちゃうやろな。シゲちゃんらも言うとったけど、あんたは化粧で顔作ってるだけやん。スッテンテンのマイナスAカップをシリコンパッドで盛って、垂れ尻（ケツ）をガードルで目一杯上げてるだけやん。うちらのことを言う資格ないで。もうあんたとは一緒に仕事したないわ」

「キャバクラに戻ったらどうやねん。胡桃に曽根崎の水は合わんのちゃうか」

重永たちだけでなく、ふー子とアユミにもそれぞれの容姿を貶したり、言ってもいない悪口を吹き込んでいたのだった。もちろん、メッセージは全て胡桃自身が送信ボタンを押していた。

ふー子とアユミは、下を向いたままの胡桃にこれまでの恨みも併せてぶつけ、静かに扉を開け店内に戻った。すると、典子を真ん中にしてマヨとハルカの三人が笑顔で待っていた。一方の胡桃は、ハンカチを口に当てエレベーター横の階段を小走りで下った。

三月一日日曜日午前二時十分

「めでたしめでたし」

「トラブルメーカーがいなくなって、ちゃぼに平和が戻ったね」

後片付けが終わり、マスターや典子たちが帰った後の店内で、小道具たちが久しぶりに全員集まった。ちゃぼのスタッフたちは、明け方まで営業している鰻屋へ向かった。連日満員大入りの謝礼と、ホワイトデーに向けての食事会をするそうだ。小道具たちは便乗して、深夜のカウンターで慰労会をすることになった。

「それでは、乾杯」

「カンパーイ」

小道具たち全員がカウンターに集まり、それぞれ好きなものを好きなだけ飲み始めた。すでに酔っているタンバリンが、カクテルグラスを前に激しく踊り始めた。アリーナ！

「これでやっと楽しく仕事できるね。胡桃ちゃんが来てからギクシャクしてたからね。でも結局のところ、胡桃ちゃんがばら撒いた誹謗中傷のメッセージって、誰が作ったの？」

「それは、全部僕が作ったんだ。それを胡桃ちゃんのスマホにこっそり入れて、あとは胡桃ちゃん自身が送信ボタンを押すのを待っていたんだよ」

「でも、胡桃ちゃんはどうして気が付かなかったのかな？」

「胡桃ちゃんのスマホに頼んで、送信ボタンを押す直前で差し替えてもらったんだ。いつも雑に扱われているから、二つ返事で受けてくれたよ」

「よくバレなかったねー」

「胡桃ちゃんって酒が弱いくせにオフの時でも飲むからさ、酔っ払ってスマホをいじったタイミングで差し替えたのさ。それにもう一つ、胡桃ちゃんが送った内容は、本人も同じことを思っているって分かったからだよ。胡桃ちゃんは、全ての知人を悪く言う癖があったんだ。そして、自分一人だけ参加しているグループＬＩＮＥに打ち込み憂さ晴らししていたのさ」

店に創業時からいる木製のトレーが、生ビールたちを大勢引き連れて会話に入ってきた。

「バカみたい。自業自得っていうか、病気だよね」

「そう、常に他人の悪口を言いふらし、最後は言った以上に戻ってきて自滅する病気だよ。前にも胡桃ちゃんみたいな娘働いていなかったっけ？」

「うん、覚えているよ。見た目も性格も個性の強いお姉さんいたよね。ルリとかリルとかっていう名前だったはずだけど、人間関係無茶苦茶にして辞めていったはず。最後は常連客と大喧嘩して、次の日から来なくなったんだ」

「何年かに一人は必ず変なの入ってくるよね」

「そうそう、うるう年には必ずこの店って事件が起きるんだよ」

「じゃ、四年後が楽しみだね」

トレーがトイレに行くと、小皿たちと騒いでいたマー君とコウちゃんが会話に入ってきた。マー君はしっかりしていたが、コウちゃんはすでに千鳥足になりかけていた。

「僕が分からないのは、実家に帰った典子ちゃんがどうして戻ってきたのか？ってことなんだ。まさか、本当に呪いでもかけていたの？」

「仕事が続くかどうかは人間関係次第だから、僕も戻ってこないと思っていたよ」

「マスターだよ。マスターが典子ちゃんに、スマホで励まし説得していたのさ。もちろん呪いなんてかけていないけど、近くの神社にお参りはしていたみたい。マスターはそれを知って、仕事休んで迎えに行く！って言ったんだ。そしたら典子ちゃんが、みんなに迷惑かけるから来ないで！ってすぐ返し、すぐに一人で戻ってきたんだ。強いよねー」

タブおじさんは、持っている情報の全てを話し始めた。

「へー、スタッフが急にいなくなるなんて、曽根崎ではよくあることなのにね。あ、もしかして？」

「ピンポーン！　そう、そのもしかしてだよ」

「マスターも隅に置けないね。女性に興味ないような顔しているけど、やる時はやるもんだねー」

「そうそう、って、あ、思い出した。マスターが激似のマラソン選手の名前！」

「ふふっ、やっと思い出したのね。それより、もうこれで一件落着かしら」

三年後の二月十四日火曜日午後六時二十分
「マスター、お通しセット作ったん？　洗面化粧台の鏡磨いたん？　あ、それとな、先週ペーパータオル切れかかっとったで。毎日満タンにしといてや。今日はバレンタインやから超満タンやで。それから……」
「ちょっと待ってんかー。一個一個やるさかい、いっぺんにぎょうさん言わんとってーなー。

まだ、フルーツと出汁巻きの仕込みもしてへんのやから。ママもネイルばっかりいじってないで、少しやってくれたらええのに」

「マスター、今何か言うた?」

「いや、何も言うてないでー」

性格のまるで違う滋と典子の共通点は、思いやりのある優しい心を持っていることだけだ。坊ちゃん育ちの若き滋マスターに足りなかった気配りと機転の早さや強さは、早口で芯の強い典子ママと一緒になることで補完できた。でも補ったところが立派すぎて、バランスが崩れているようにも見えた。ベストカップルだと言う人がいる一方で、マスターが大事なところをママに握られっぱなし?との見方もある。

「ママが福井から戻ってきた頃が華やったかなー」

「『典ちゃん、僕が君を一生守っていくよ』

『ほんま? めっちゃ嬉しいわマスター。いや、滋さん。ありがとう』」

「いやー、いつ思い出しても痺れるシーンやな。あの時の涙は忘れられへんわ」

「マスター、何ぶつぶつ言うてんの。もう三十分切ったでぇ。ぱっぱとせぇへんかったら間に合わへんやん。今から化粧室籠るし声掛けんとってな」

「へーい、分かってまっせー」

マー姉さんとマー君が、いつもの光景を見て共に微笑んだ。
曽根崎の夜はいつの世も、千紫万紅の男と女が生きている。

了

〈著者紹介〉

岡田弘樹（おかだ ひろき）

1963年福井県三国町 (現・坂井市) 生まれ。

学生時代を大阪で過ごした後福井に戻り、福井県ふるさと文学館が実施する「ふくい文学ゼミ」三期生として小説を学び､2019年に『曽根崎ヒーローズ』で小説デビューする。

その後六期生として再度学び、現在も精力的に執筆活動を行っている。

天使のように僕は死んだ

2024年３月１日　第１刷発行

著　者　　岡田弘樹
発行人　　久保田貴幸

発行元　　株式会社 幻冬舎メディアコンサルティング
〒151-0051　東京都渋谷区千駄ヶ谷4-9-7
電話　03-5411-6440（編集）

発売元　　株式会社 幻冬舎
〒151-0051　東京都渋谷区千駄ヶ谷4-9-7
電話　03-5411-6222（営業）

印刷・製本　中央精版印刷株式会社
装　丁　　秋庭祐貴

検印廃止

Printed in Japan
ISBN 978-4-344-94960-7 C0093
幻冬舎メディアコンサルティングＨＰ
https://www.gentosha-mc.com/